코끼리의 마음

코끼리의 마음

톤 텔레헨 소설 | 정유정 옮김 | 김소라 그림

arte

1

창문으로 햇빛이 들이친 뒤에야 코끼리는 잠에서 깨어났다.

"아이쿠!" 머리에 난 혹을 조심스럽게 만지며 옆으로 돌아눕자, 더 큰 소리가 났다. "아이쿠, 아야!" 하는 소리를 내고서야 몸을 일으킬 수 있었다.

기지개를 죽 펴고, 앞으로 다시는 나무에 오르지 말아야지, 결국 또 오르긴 하겠지만, 다시는 나무에서 떨어지지 말아야지 하고 다짐했다. 거울에 비친 자기 모습이 정말 처량해 보인다고 생각하며 코끼리는 고개를 절레절레 흔들었다. 그리고 밖으로 나갔다.

코끼리는 숲을 걸으며 생각했다. 다시 나무에 오르지 않으면 어떤 일이 생길까.

나무에서 떨어지는 일도 없고, 그래서 아플 일도 후회할 일도 없겠지?

하나같이 더 나은 일만 있었다.

하지만 나쁜 점도 있다는 것을 코끼리는 분명히 알고 있었다.

내가 오르지 않아도 누군가가 나무에 올랐다가 떨어지고, 심지어 나보다 더 세게 떨어져 결국 내 탓을 할지도 몰라.

코끼리는 고개를 끄덕이고 나무를 올려다보았다.

한번 더 뒤통수의 혹을 만져보고, 다시는 나무에 오르지 않겠다고 엄숙히 다짐하며 마음을 다잡았다.

그치만 엄숙할 것까지야…… 코끼리는 어처구니없다는 듯 어깨를 으쓱했다.

코끼리는 이내 목을 가다듬고 나무에 오르기 시작했다. 꼭대기에 도착해서는 주위를 둘러보며 먼 곳을 향해 소리쳤다. "먼 곳이다! 먼 곳이 보인다!" 그러고는 기쁨의 춤을 추고, 한쪽 발로 피루엣(한 발을 축으로 팽이처럼 도는 발레 동작—옮긴이)까지 하다가 균형을 잃고 넘어졌다. "아이쿠!" 결국 쿵 하고 세게 땅으로 떨어졌다.

동물들은 코끼리가 떨어지는 것을 보거나 소리를 듣고 그를 걱정했다.

코끼리는 잠시 후 일어나 끙끙거리면서 비틀비틀 걸어갔다. 아무 생각도 할 수 없었다.

　　　　　　　　　　　　　　　코끼리의 마음

첫 번째 나무에서 멀지 않은 두 번째 나무에 올랐다. 세 번째 나무에도……

땅거미가 질 무렵 코끼리는 작은 신음 소리를 내며 한 발 한 발 질질 끌고 집으로 향했다.

집에 도착하자마자 침대로 들어가 곧바로 곯아떨어졌다.

밤에는 나무에 오르지 않았다.

코끼리는 한밤중에 잠에서 깨어 어제 일을 떠올려보았다. 바보같고, 오만하고, 생각은 짧고, 구제불능, 제멋대로에, 우스꽝스럽고, 뭐 하나 잘한 것이 없다는 생각이 들었다. 온몸이 쑤셨다.

코끼리는 천장을 보며 한참 그대로 누워 있었다.

마침내 코끼리는 종이 한 장을 집어들어 머릿속의 것들을 적기 시작했다.

그러다가 다시 잠이 들었고, 햇살이 창문으로 환히 비쳐들 때까지 깨지 않았다.

코끼리의 마음

2

"다람쥐야, 네가 만약 나라면……" 코끼리가 다람쥐에게 물었다.

어느 여름날 오후였다. 둘은 다람쥐 집에 앉아 있었다. 창문이 열려 있고, 찻잔이 놓인 탁자 위로 햇살이 비스듬히 비쳐들었다. 햇빛속에서 먼지가 춤을 추고, 멀리 보리수나무 꼭대기에서 종달새가 지저귀었다.

"너라면 그래도 올라가고 싶을 것 같니? 사실은 나무에 잘 오르지도 못하고, 결국 떨어져 아플 걸 알면서도 말이야."

다람쥐는 아무 말도 하지 않았다. 코끼리는 차를 한 모금 마시고 계속 물었다.

"꼭대기에 도착해 주위를 둘러보는데 한 번도 본 적 없는 아주먼 곳, 그런 먼 곳이 보인다면 너도 기뻐서 심장이 쿵쾅거릴 것 같

아? '먼 곳이다! 저기 먼 곳이 보인다!' 하고 소리치고 빙빙 돌기도 하고 피루엣도 하면서 말이야."

코끼리는 잠시 입을 다물고 다람쥐를 곁눈질했다. 다람쥐는 여전히 말없이 차만 저었다.

코끼리는 탁자 위에 달린 전등을 힐끗 올려다본 뒤 또 물었다.

"너는 자신이 피루엣을 못한다는 걸 알고 있어. 한 발로 서는 건, 나무 꼭대기니까 더 어렵다는 걸 알아. 피루엣을 할 만한 곳이 전혀 아니지. 원래 피루엣을 아주 잘한다 해도 거기서는 힘들고, 한 발로 서는 것조차 어렵다는 걸 잘 알면서도 계속 나무에 오를 것 같니?"

다람쥐는 일어나 잔을 다시 채웠다. 둘 다 한 모금씩 마셨다.

"그리고 떨어진다는 것도 알아. 어쩔 수 없거든. 아무튼 나뭇가지들 사이로 쿵 하며 떨어지리라는 것도 너는 알고 있어. 그러면 온몸이 쑤시고 여기저기가 죄다 부러지고, 어디에 있는지, 자기가 누군지조차 알 수 없게 돼. 그래도 계속할 것 같아?"

코끼리는 한 모금 더 마시고 찻잔을 내려놓은 뒤, 목을 가다듬고 입술을 깨물며 코를 목 뒤로 넘겼다. 딱히 뭘 해야 할지 알 수 없었다. 다람쥐도 찻잔을 내려놓더니, 이마를 훔치고 뒤통수를 긁적이며 대답했다!

"응."

3

　모두가 나라면, 하고 코끼리는 생각해보았다. 만약 그렇다면 모두 나무에 올랐을 거야. 다람쥐, 개미, 기린, 풍뎅이, 들소, 딱정벌레, 두더지, 나비…… 모두 오를 수 있을 만큼 나무는 아주 많으니까.

　코끼리는 숲을 걸었다. 봄이었다. 보리수나무 꼭대기에서는 종달새가 지저귀고, 강기슭에서는 개구리가 울어댔다.

　만약 모두가 나무 꼭대기에 오른다면, 누구나 "먼 곳이다. 저기 먼 곳이 보인다!" 하고 외칠 거야. 그리고 폴짝폴짝 뛰며 왈츠니 폴카니 제각기 춤을 추겠지. 모두 행복에 넘쳐 피루엣을 하거나 재주 넘기를 하고, 해가 진 뒤에는 수백, 아니 수천의 동물이 동시에 나무 꼭대기에서 춤을 출지도 몰라……

　코끼리는 잠시 생각을 멈추고, 너도밤나무에 등을 기댄 채 이끼

위에 앉았다.

깊은 한숨을 내쉬고 잠시 후 다시 생각에 잠겼다. 만약 나만 떨어지는 거라면…… 나 말고는 다들 기어서 내려가거나, 날아가거나, 굴러서 내려가거나, 둥둥 떠내려간다면……

코끼리는 입술을 깨물고 코를 목 뒤로 넘긴 뒤 눈을 꾹 감았다.

인생이 불공평하다는 생각이 들었다.

아니, 어쩌면 공평한지도 모른다. 어쩌면 너무 공평해서 코끼리만 넘어지고 다른 이들은 아무도 넘어지지 않는 것인지도 모른다. 어쩌면 그것이 이 세상 모든 것 사이에 존재하는 가장 공평한 일인지도 모른다.

코끼리는 그동안 올랐던 나무들을 모두 떠올려보았다. 그 나무들은 공평했을까? 그리고 달은, 달은 공평했을까? 그런데 공평하다는 게 과연 어떤 걸까?

해가 지고 달이 떠오르며 한밤중이 되었다. 코끼리는 여전히 너도밤나무 아래 기대앉은 채 잠들어 있었다. 다람쥐가 멀리서 들려오는, 뭐라고 하는 건지 지금까지 한 번도 제대로 알아들은 적 없는 부엉이 소리를 들으려고 밖으로 나왔다가 코끼리를 발견했다. 다람쥐는 소리 없이 나무에서 내려와 코끼리에게 이불을 덮어주고 다시 소리 없이 올라갔다. 그러고는 집에 들어가 침대에 누웠다.

　　　　　　　　　　　　　　　코끼리의 마음

4

덥고 바람 한 점 없는 어느 아침, 코끼리는 강기슭에 앉아 깊은 생각에 잠겼다.

멀지 않은 곳에서 물맴이가 매끄러운 물 위를 걸어갔다.

코끼리가 놀라며 물었다. "안녕, 거기서 뭐 해?"

"안녕. 나는 지금 글을 쓰고 있어." 물맴이가 대답했다.

"무슨 글?"

"잘 모르겠어."

"잘 모르는 게 뭔데?"

"그걸 쓴다는 게 아니라." 물맴이가 대답했다.

코끼리는 목을 가다듬고 또 물었다. "네가 나라면, 너는 어떻게 하겠니?"

"내가 너라면, 네가 앉아 있는 거기 앉아서 묻겠지. 네가 나라면 어떻게 할 거냐고."

코끼리는 고개를 저으며 다시 깊은 생각에 잠겼다. 그동안에도 물맴이는 계속 뭔가를 썼다.

해가 건너편 강기슭 나무 꼭대기 너머로 떠오르자, 코끼리는 잠시 후 쉰 목소리로 말했다. "나는 나무에 오르고 싶어, 그런데……"

물맴이가 잠시 쓰기를 멈추고 말했다. "나라면 나무에 오르고 싶다고 글을 쓸 거야. 그러고서 나무에 오르면 되지."

코끼리는 고개를 끄덕이며 대꾸했다. "그래, 하지만 넌 떨어지지 않잖아."

물맴이는 고개를 저으며 말했다. "가끔은 이렇게 쓸게. 나는 떨어진다. 그러면 떨어질 거야."

"그래도 아주 세게는 아닐 거야."

"내가 세게 떨어진다고 쓰면, 세게 떨어질 거야."

"그래도 아프진 않겠지."

"아프다, 라고 쓰면 아플 거야." 물맴이가 말했다.

그리고 잠시 생각한 뒤 덧붙였다. "가끔 그렇게 아프다고 쓰기도 해."

"왜 그렇게 써? 그렇게 쓸 필요는 없잖아?"

코끼리는 어깨를 늘어뜨린 채 우울하게 강물을 바라보며 잠자코 있었다.

해는 푸른 하늘 위로 더 높이 솟았고, 멀리 참나무 꼭대기에서 종달새가 노래했다.

"이제 나는 피곤하다고 쓸 거야." 물맴이가 잠시 후 말했다.

"그러면 너는 피곤해져?" 코끼리가 물었다.

"내가 그렇게 쓰면 그렇지."

코끼리는 다시 입을 다물었다.

잠시 후 물맴이가 말했다. "이제 나는 잠을 잔다고 쓸 거야."

"그러지 마." 코끼리가 말했다. 그러나 물맴이는 물 위에서 날개를 접어 포갠 뒤 가만히 누웠다.

코끼리는 일어나 물 쪽으로 몸을 굽혀 물맴이가 써놓은 글을 읽었다. '나는 잠을 잔다.'

물맴이는 느리고 규칙적으로 숨을 쉬었다.

코끼리는 한동안 물맴이를 바라보았다. 물맴이는 잠에서 깰 때, 나는 일어난다고 쓰겠지? 하지만 그러려면 이미 일어나 있어야 하지 않나?

코끼리 이마에 굵게 주름이 잡혔다.

그리고 생각했다. 만약 물맴이가 다시는, 앞으로 다시는 글을 쓰지 않는다고 쓰면 어떻게 될까, 그러면 정말 다시는 아무것도 쓰지 않게 될까? 다시는 아무것도 쓰지 않는다면, 아프다고도 쓰지 않는다면, 정말 다시는 아프지 않을까? 그리고 물맴이도 나처럼 이런 모든 질문을 스스로에게 할까?

코끼리는 숲을 걸으며 다시 나무에 올라 춤을 춘다는 생각, 늘 하던 생각을 또다시 머리에 떠올렸다.

5

어느 아침, 코끼리는 숲 속을 걷다가 문득 의문이 생겼다. 그날 자신이 또다시, 그러니까 평소와 다름없이 나무에 오르고 결국 떨어지는 것이 과연 현명한 일일까 하는 의문. 그러면 그날 내내 아파서 구부정히 걸을 테고, 생일 파티 같은 초대도 모두 거절해야 할 것이다. 그러다 코끼리는 참나무 아래 풀숲에서 코뿔소를 보았다.

코뿔소는 옆으로 누워 눈을 감은 채 힘없이 신음하고 있었다. 주변에는 부러진 나뭇가지와 나뭇잎이 널려 있었다.

"코뿔소! 무슨 일이니?" 코끼리가 물었다.

코뿔소는 눈을 뜨더니 코끼리를 보고 쉰 목소리로 대답했다. "아, 코끼리야, 나도 참나무에 올라갔었어. 말하기 부끄럽지만, 사실이야. 꼭 한번 나무에 올라가 먼 곳을 보고 싶었거든……"

코뿔소는 뒤통수를 긁적이며 입을 다물었다.

"그래서 어떻게 됐는데?" 코끼리가 물었다.

"그래서…… 꼭대기에 올라가서 먼 곳을 보는데, 그때……" 코뿔소가 속삭였다. 그러고는 입을 꾹 다물어버렸다. 그리고 아주 조심스럽게 비뚤어진 뿔을 코 위에 고쳐 세워보려 했다.

"그래서, 그래서 어떻게 됐는데?" 코끼리가 물었다.

"코끼리 너는 믿지 않겠지만, 왜 그런 마음이 들었는지 너무 기뻐서 막 춤을 추고 싶어지더라. 참나무 꼭대기에서 춤을 춘다는 게 상상이나 되니?"

"아니." 코끼리가 대답했다.

"나는 피루엣까지 시도했어! 상상해봐, 피루엣이라니, 내가, 이 코뿔소가 말이야……"

코끼리는 아무 말도 하지 않았다.

"당연히 나는 절대, 절대로 해서는 안 되는 일이거든."

"그렇지." 코끼리가 대꾸했다.

"절대로 춤을 출 수가 없어."

"그렇고말고."

"내가 전혀 다른 존재가 된 것 같았어."

"그랬겠지." 코끼리는 코뿔소에게 들리지 않을 만큼 작은 소리로 대답했다.

코뿔소가 잠시 헛기침을 하고 말을 이었다. "어휴, 그런데 당연하게도 바로 떨어져버렸어."

"그랬구나."

"당연하지."

"그러게."

코뿔소는 코끼리 쪽으로 등을 보이며 천천히 돌아누웠다. 몸통에 움푹 파인 상처들이 있었다.

"코끼리야, 나 너무 창피하니까" 하고 코뿔소가 계속해서 속삭였다. "다른 친구들한테는 말하지 말아줘."

"안 할게."

"정말 안 할 거지?"

"응, 안 해."

"다른 친구들이 나를 비웃는 건 싫어."

"그렇지."

"그런 바보 같은 행동을 하다니…… 나무에 오르다니…… 아우 정말…… 아우……"

코뿔소는 다시 아무 말도 하지 않고 끙끙 앓았다. 코뿔은 여전히 비뚤어져 있었다.

6

어느 저녁, 코끼리는 자기 자신에 대해 생각했다.

그러나 자신에 대해 무슨 생각을 해야 할지 알 수 없었다.

'꼭 나 자신에 대해 뭘 생각해봐야 하나?' 계속 쓸데없는 것만 떠올리다 문득 그런 생각이 들었다. 나 아니면 누가?

코끼리는 뒤통수를 긁적거렸다.

개미에게 한번 물어볼까. 개미야, 너는 내가 나 자신에 대해 무슨 생각을 해야 한다고 생각하니?

개미는 머리를 갸웃할 것이다.

당연히 오르기와 떨어지기겠지. 하지만 그런 건 아무것도 아니야.

코끼리는 눈살을 찌푸릴 것이다.

아무것도 아니라니. 그것도 물어봐야겠다. 개미야, 오르고 떨어지는 일이 아무것도 아니라는 거니, 내 생각에는……

코끼리는 점점 더 심각하고 우울해졌다.

탁자에 찻잔이 놓여 있었다.

그때 갑자기 "나 식었어" 하는 목소리가 들렸다.

코끼리는 주변을 둘러보았지만 아무도 보이지 않았다.

"나야 나." 그 목소리가 말했다. "네 찻잔."

코끼리는 눈을 동그랗게 뜨고 찻잔을 내려다보았다.

"네가 말을 할 수 있는지 몰랐어."

"그렇겠지." 찻잔이 대답했다.

잠시 정적이 흘렀다.

"다른 건 또 뭘 할 수 있는데?" 코끼리가 물었다.

"오르기."

"오르기?"

"응, 오르기. 혹시 한 번도 못 들어본 거니?"

"아니, 들어봤지 당연히."

"자, 한번 볼래." 찻잔이 말했다. 그러더니 아주 천천히, 그리고 여유롭게 탁자에서 주전자를 지나 마룻바닥으로, 마룻바닥을 지나 벽으로, 벽을 따라 천장으로 올라갔다.

"조심해." 코끼리가 소리쳤다.

"뭘?" 찻잔이 벽 중간쯤에서 잠시 멈추더니 물었다.

"위험하잖아."

"왜?"

"넌 곧 떨어질 거야."

"그럼 어떻게 되는데?"

"산산조각 나버리겠지."

"그게 나쁜 건가?"

"글쎄, 나쁜가……" 문득 코끼리는 자신도 그 이상은 알지 못한다는 것을 깨달았다. 그것도 개미에게 물어봐야겠다고 생각했다. 개미야, 떨어지는 게 나쁜 거야? 떨어져서 산산조각 나는 게 나쁜 거야?

찻잔은 계속 올라갔고, 드디어 천장에 도착했다. 차 한 방울 흘리지 않고 천장에 올라가 전등까지 다다랐다. 찻잔이 등을 매단 줄을 타고 내려와 매달리자, 등이 좌우로 흔들리기 시작했다.

"조심해." 코끼리가 소리쳤다.

"야호!" 찻잔이 소리쳤다. 기쁨의 환호 같았다.

전등이 점점 더 세게 흔들렸다.

코끼리는 코로 두 눈을 가리고, 양쪽 귀도 접어버렸다.

잠시 후 뭔가 떨어져 깨지는 소리가 들렸다.

코끼리는 한참 그렇게 앉아 있었다. 이윽고 조심스럽게 귀를 펴고 코를 눈에서 떼었다.

찻잔은 바로 앞 탁자 위에 놓여 있었다. 전등은 여전히 왔다 갔다 살짝 흔들리고 있었지만, 열린 창문으로 불어온 바람 때문일 수도 있었다.

코끼리는 찻잔을 들어 차를 마셨다.

그리고 다시 차를 내려 후루룩후루룩 소리 내며 마셨다. 맛있다. 코끼리는 만족스럽게 한숨을 깊이 내쉬며 생각했다.

차를 다 마신 뒤, 개미에게 뭘 더 물어봐야 할지 생각했다. 이것저것 많기도 하네.

코끼리는 자리에서 일어나 방을 거닐다 창가에 섰다. 밖을 내다보았다.

초겨울 늦은 저녁이었다. 창문 틈새로 차가운 바람이 불어들었다. 어쩌면 눈이 올 것 같다고, 그러면 떨어져도 푹신하겠다고 생각했다. 잠시 후 침대로 들어갔다.

그러나 잠이 오지 않았다.

7

해는 하늘 높이 떠올라 자기 빛으로 반짝이며 세상을 내려다보고 있었다.

저 아래 깊은 곳, 어느 나무 밑에 누워 있는 코끼리가 보였다. 코끼리의 몸 위에 나뭇잎이 떨어져 있었다. 해에게 귀가 있었다면, 코끼리의 신음 소리를 들을 수 있었을 것이다.

코끼리는 왜 자꾸만 나무에서 떨어지는 걸까. 해는 생각했다. 왜 코끼리는 해가 저물듯 천천히 내려가지 못할까? 해가 저물듯 천천히 내려가는 게 그렇게 힘든가? 비와 눈을 떠올려보았다. 비와 눈도 천천히 내려가지는 않는 것 같다. 번개는 더더욱……

해는 조금 더 높이 떠올랐다.

난 춤출 일이 없어. 그래. 나는 하늘 높이 떠 있고, 세상은 내 발

코끼리의 마음

아래 있고, 나는 절대 춤을 추지 않아.

해는 자기 몸을 숨길 구름이 있는지 찾아보았다. 구름은 보이지 않았다.

해는 빛을 내느라 바빠서 춤을 출 여유 따위 없다고 생각했다. 어쩌면 춤을 추기도 전에 이미 충분히 달아올라 그런 걸까?

왜 그런지 알 수 없었다.

해는 다시 한숨을 쉬고 개미에게 강한 빛을 비췄다. 개미는 다람쥐에게 무언가를 설명하고 있었다. 다람쥐는 자기 집 현관에 서서, 거의 아무것도 모르는 자신을 꺼리지 않는 개미에게 고마워하고 있었다.

내가 코끼리라면 나 역시 춤을 췄을 거야. 해는 생각했다. 그리고 내 다리에 걸려 넘어질 뻔해도 잘 견뎌냈을 거야.

그래, 내가 코끼리라면 나는 넘어지지 않고 잘 견뎠을 거야.

해는 온 힘을 다해 강한 빛을 내리쬐며, 동물들이 모두 숨을 헐떡이거나, 산속이나 나무 그늘을 찾아다니거나, 강물 위 연잎에서 개골거리다 물속으로 풍덩하는 모습을 보게 될 생각에 흐뭇했다.

8

내가 코끼리라면, 나를 찾아올 텐데. 중력은 생각했다. 나를 찾아와서 아주 정중하게 부탁할 텐데. "중력아, 네 힘 좀 잠깐 멈춰주지 않을래…… 그러면 정말 고맙겠어."

나는 좋은 생각이라고 대답했을 것이다. 코끼리의 그 작고 간절한 눈빛이란……

내가 코끼리라면, 가장 높은 나무에 올라 온 세상을 이리저리 둘러볼 거야. 기쁨의 춤도 추고, 미끄럼도 타고, 둥둥 떠다니기도 하면서. 그리고 외칠 거야. "오, 중력아…… 고마워, 고마워!"

그사이 나는 편히 등을 기대고 앉아, 코끼리가 선물로 가져온 케이크 한 조각을 먹고 있겠지.

나의 힘은 잠시 일을 멈추고 내 옆에 누워 있을 거고.

　　　　　　　　　　　　　　　　　　코끼리의 마음

그러려면 일단 내가 누군지 알려줘야겠어. 안 그러면 코끼리는 내가 존재한다는 것조차 모를 테니까.

중력은 숲에서 희미하게 울리는 쿵 하는 소리를 듣고 생각했다. 코끼리는 내가 언제 어디서나 존재한다는 걸 모르고 있어. 그를 떨어지게 하는 게 나라는 걸, 다른 누구도 아닌 나라는 걸 어떻게 해야 코끼리에게 분명히 알려줄 수 있지?

9

땅속 참나무 뿌리 사이에 두더지와 지렁이가 살고 있었다.

둘은 평화롭게 지냈고, 서로의 집을 오가며 함께 춤을 추고, 진흙 케이크를 나눠 먹고, 빛 한 줄기 들어오지 않는 곳에 관한 이야기도 나눴다.

그런데 둘은 규칙적으로 깜짝깜짝 놀라곤 했다.

이따금 요란한 소리가 들렸고, 주위가 마구 흔들렸던 것이다.

그런 다음 아주 멀리서 "아우" 혹은 그 비슷한 외침이 들려왔다.

대체 밖에서 무슨 일이 일어나고 있는지 알 수 없었다.

지렁이는 해가 하늘에서 저물다가 땅에 부딪혀 "아우" 하는 비명을 지르고, 최대한 재빨리 지평선 너머로 도망치는 거라고 생각했다.

지렁이는 해에게 더 이상 그런 행동을 하지 말고, 더 이상 떠오

코끼리의 마음

르지도 말아야 한다고 말하고 싶었다. 다시 떠오르면 뭐가 있는데? 그래봐야 아무 의미도 없잖아.

하지만 그렇게 말하려면 밖으로 기어올라가야 하는데, 그것까지는 내키지 않았다.

반면에 두더지는 그냥 쿵 하는 소리일 뿐이라고 생각했다.

"그럴 수 있어, 지렁이야." 두더지가 말했다.

"그러면 그 '아우' 하는 비명은 뭔데?" 지렁이가 되물었다.

"그건 그냥 내뱉은 말이겠지. 그럴 수도 있어. '아우'는 그냥 하는 말일 뿐이야."

둘은 서로에게 결코 동의할 수 없었다. 두더지는 모든 것이 가능하다고 생각했고, 지렁이는 그런 생각 자체가 의문스러웠다.

그러다 결국 한번은 땅속 깊은 곳에서 심하게 부딪쳤다.

"그렇다면 네가 갑자기 쓰러져서 더 이상 구멍도 못 파고, 그래서 내가 너를 떠나거나 너를 잊는 일도 때로는 가능하다는 거야?"

두더지는 두 눈에 눈물이 맺히는 것을 느꼈지만 인정하고 싶지 않아 기어들어가는 목소리로 대답했다. "뭐, 그럴 수도 있겠지."

둘은 서로를 부둥켜안았다. "야, 너는 쓰러질 리 없고, 나는 너를 떠나지 않아. 너를 잊는 일도 절대 없을 거고." 지렁이가 말했다. "알아, 지렁이야. 나도 잘 알아." 두더지도 말했다.

그때 다시 머리 위 멀리서 쿵 하더니, "아우" 하고 외치는 소리가 났고, 신음소리 같은 것도 들려왔다.

둘은 어깨동무를 하고 참나무 뿌리 아래로 더욱더 깊숙이, 아무 소리도 들리지 않을 때까지 더 깊이 살금살금 내려갔다. 그곳에서 둘은 흙차를 마시고 아무 말 없이 가까이 붙어 있었다.

어느 저녁, 코끼리가 개미를 방문했다.

둘은 오르기와 떨어지기에 대해 이야기를 나누며 너도밤나무 껍질차를 마셨다.

"한번은 네가 아주 심하게 넘어져서……" 개미가 말했다.

그러나 말을 잇지 않았다.

"넘어져서 뭐?" 코끼리가 물었다.

"글쎄 잘 모르겠어." 개미가 말했다.

"내가 땅에 떨어졌다고?"

"아니."

"어떤 문도 통과할 수 없을 만큼 커다란 혹이 내 머리에 생겼다고?"

"아니."

"그럼 내가 너무 아파서 '아우' 소리를 냈거나, 아니면 아주 괴상한 소리를 냈다고? '하'나 '헉' 이런 소리?"

"아니."

"그럼, 내가 네 생일을 잊어버렸다고?"

"아니."

코끼리는 곰곰이 생각해보았다.

"더 이상 나무에 오르지 않겠다고 했다고?" 코끼리가 다시 물었다.

"아마도, 아니 좀 다른 거 같기도 해. 잘 모르겠어." 개미가 대답했다.

"이거 무슨 스무고개니?"

"아니."

한번도 그런 적이 없을 정도로 심하게 넘어진다면 코끼리에게 무슨 일이 일어날까에 대해 둘은 한참 동안 깊은 생각에 빠졌다.

둘은 알 듯 말 듯하다고 생각했지만, 사실 완전히 알 수는 없었다.

"우리 누구한테 한번 물어볼까?" 코끼리가 물었다.

개미는 고개를 저었다.

그러고는 책에서 '넘어지다'에 관한 페이지를 펼쳤다. 지금으로서

코끼리의 마음

는 아주 세게 넘어지면 무슨 일이 일어날지 알 수 없다고 쓰여 있었다.

"그 책에 쓰인 '지금으로서'가 아직도 지금인가?" 코끼리가 물었다.

"응, 여전히 그렇지." 개미가 대답했다.

말없이 차를 한 잔씩 더 마신 뒤, 코끼리는 집으로 돌아갔다. 코끼리의 머릿속은 무거운 생각으로 가득 찼고, 어디에도 부딪히지 않으려고 아주 천천히 조심조심 걸었다.

11

참새는 생각했다. 내가 코끼리라면, 나는 우선 나무에 오르고 떨어지는 법을 배울 거야.

참새는 코끼리가 또 나무에 올라가 떨어질 때까지 기다렸다가 코끼리에게 날아가 떨어지지 않는 법을 배우라고 제안했다.

"다섯 번 수업인데 빨리 배우면 세 번에도 끝낼 수 있어. 나무 오르기는 이미 할 수 있잖아. 내가 봤거든. 그러니 수업을 시작하기에 좋은 조건이야." 참새가 말했다.

"응 좋아." 코끼리는 신음하며 대답했다. '시작하기에 좋은 조건'인 것이 기뻤고, 그 기회를 놓치고 싶지 않았다.

다음 날 아침, 수업이 시작되었다.

"떨어지지 않고 어떻게 내려올 수 있어?" 코끼리가 물었다.

"자, 자…… 네가 지금부터 배울 게 그거야. 내가 가르쳐주면 바로 알게 될 거야." 참새가 미소를 지었다.

코끼리는 아무 말도 하지 않았다.

"일단 나무에 올라가봐." 참새는 코끼리가 올라야 할 나무를 가리켰다.

코끼리가 꼭대기에 올라 춤을 추고 싶다고 생각했을 때, 참새가 밑에서 외쳤다. "떨어져!"

"떨어지라고? 아니, 난 떨어지고 싶지 않아."

"일단 떨어져야 네가 뭘 잘못하는지 설명해줄 수 있잖아. 내가 가르쳐준다니까."

코끼리는 떨어졌고, 떨어지는 동안 참새가 쩍쩍대며 어떻게 떨어지면 안 되는지 설명하는 소리를 들었다. 자세가 틀렸고, 귀를 접는 법도 틀렸고, 코를 흔드는 법도 틀렸고, 그것 말고도 많았다.

코끼리는 참새가 한 말을 전부 머리에 담으려 애썼다. 그리고 바닥에 쿵 하며 세게 떨어졌다.

"내 말 다 기억하지?" 코끼리가 땅에 떨어지고 나서 겨우 가늘게 눈을 떴을 때, 참새가 물었다.

"으응." 코끼리는 앓는 소리를 냈다.

"그럼 이제 두 번째 수업이야. 다시 올라가봐."

코끼리는 이를 악물고 다시 나무에 올라갔다. 이번에도 떨어지며 참새가 이러쿵저러쿵하는 소리를 들었다. 귀가 어쩌고 코가 어쩌고. 그러더니 또 말했다. "거봐, 내가 말한 그대로지?"

땅에 쿵 떨어질 때 받은 충격은 좀전과 다를 것이 없었다.

"아주 잘했어. 계속해보자." 참새가 말했다.

계속해보자니…… 코끼리는 갈비뼈가 부러지고 한쪽 귀가 잘 움직이지 않는 걸 느끼고 시무룩해졌다.

참새는 참아야 한다고 했다. "지금 아니면 절대 할 수 없어."

지금 아니면 절대…… 코끼리는 생각했다. 뭐가 더 있었던 것 같은데? 어디서도, 누구와도 절대 못 해봤나?

코끼리는 다시 나무에 올라갔다, 이번에는 아주 천천히. 꼭대기까지 올라가서 다시 떨어졌다.

코끼리는 떨어지며 참새가 밑에서 이리저리 뛰어다니는 것을 보았다. 그를 부르는 소리도 들었다. "대단해! 이제 다 왔어, 다 왔어."

이제 다 왔다고…… 코끼리는 생각이 멈추지 않았다. 다 왔다니?

그 순간 코끼리는 엄청난 소리와 함께 땅에 곤두박질쳤다.

참새는 코끼리가 눈에 띄게 발전했다고 했다. 하지만 어쩌면 세 번, 아니 다섯 번쯤 수업을 더 해야 할지 모른다고 했다.

코끼리는 참새에게 오늘은 더 이상 나무에 오르고 싶지 않다고 하고, 고마웠다고 인사했다.

"아쉽네." 참새가 말하고 신나게 지저귀며 날아가버렸다.

코끼리는 비틀거리며 집으로 돌아갔다. 정말 열심히 했어, 당연한 거지만. 그런데 이해력이 부족했어.

코끼리의 마음

12

"내가 코끼리라면, 나는 케이크를 더 많이 먹겠어. 아주 많이." 곰이 말했다.

동물들이 곰을 둘러싸고 그의 말에 귀를 기울이고 있었다.

"케이크를 배불리 먹으면, 나무에서 떨어질 일도 없거든." 곰이 집게손가락을 흔들며 말했다. "아주 많이 먹으면 오르기도 전에 이미 땅에서 넘어질 테니까."

곰은 동물들을 슬쩍 쳐다보았다.

"내가 시범을 보일게. 그래야 다들 이해할 수 있을 거야."

곰은 일어나서 보리수나무의 가장 낮은 가지에 한 발을 얹었다. "잘 봐. 나는 코끼리야. 내가 뭘 하면 안 될까?"

"나무에 오르는 거." 동물들이 대답했다.

"그래. 그걸 안 하려면 어떡해야 할까?"

"케이크를 먹어야 해."

"어떤 케이크가 좋을까?"

"꿀케이크?" 귀뚜라미가 대답했다.

"맞아, 바로 꿀케이크야. 그런데 그걸 어디서 구하지?"

곰은 주위를 둘러보았다.

동물들은 서로를 쳐다보았다. 무슨 말인지 알아차린 동물들이 흩어져 뛰어갔다.

곰은 땅바닥에 앉아 입술을 핥으며 흡족한 듯 등을 기댔다. 잠시 후 몇몇 동물이 먼저 도착하자 곰은 바로 몸을 일으켜 보리수나무의 가장 낮은 가지에 다시 한 발을 얹으며 말했다. "시간 딱 맞췄네. 나무에 오르려던 참이었어."

곧이어 다른 동물들도 오래된 케이크, 금방 만들어 아직 부풀지도 않은 꿀케이크, 혹은 곰이 좋아할 만한 다른 케이크를 가지고 돌아왔다.

숲 속에 달콤한 냄새가 진동했다.

한 시간쯤 후, 곰은 풀밭에 누워 씩씩거리고 있었다.

"그래, 이렇게 누워 있을 거야, 내가 코끼리라면." 곰이 끙끙댔다. "내가 이래도 떨어질 수 있겠어?"

"아니." 그의 재주에 감탄하며 동물들이 말했다.

곰은 고개를 젖혀 보리수나무 꼭대기를 바라보았다. 저기 서서 먼 곳을 본다는 생각 같은 건 애당초 하지 말아야 해.

곰은 저 먼 곳이 커다란 케이크를 숨기고 있을지도 모를 지평선 너머가 아니라면, 나무에 오를 필요 같은 건 없다고 생각했다. 해가 떨어지면 꿀이 높이 솟구치고, 달이 떠오르면 설탕이나 크림 같은 하얀 것이 높이 말려 올라가는 지평선 너머가 아니라면.

곰이 잠들어버리자 동물들은 흩어져 집으로 돌아갔다. 그들은 곰이 코끼리가 아닌 것이, 보리수나무에 오르지 않는 것이 다행이라고 생각했다.

13

나무좀은 생각했다. 내가 코끼리라면, 나무 바깥쪽이 아니라 안쪽으로 올라갈 텐데. 그리고 위에서 좀 비틀대더라도 떨어지는 대신 미끄럼을 타고 내려올 텐데. 미끄러지는 건 떨어지는 게 아니니까.

나무좀은 구멍을 뚫고 밖으로 몸을 반쯤 내밀더니, 코끼리가 힘겹게 끌어올리던 발을 붙잡았다.

"잉, 무슨 일이야?" 코끼리가 외쳤다.

"아무 일도 아니야." 나무좀이 말했다. "내가 네 발을 붙잡았어. 안으로 들어와서 나랑 같이 올라가면 어때?"

코끼리는 좋은 생각이라고 대답하고, 나무좀이 최근에 뚫어놓은 기다란 통로로 함께 올라갔다. 마지막 부분은 아직 뚫려 있지 않았지만, 나무좀이 코끼리를 위해 마저 뚫어주었다.

"자, 다 왔어." 꼭대기에 거의 다다르자 나무좀이 말했다.

코끼리는 주변을 둘러보며 대답했다.

"아무것도 안 보이는데."

"그럼 어때. 그냥 내 쪽으로나 돌아봐." 나무좀이 말했다.

코끼리는 춤을 추려 했지만, 공간이 너무 비좁았다.

"여기서는 춤을 출 수가 없어." 코끼리가 말했다.

"춤이라니…… 춤은 나뭇잎이나 먼지가 추는 거지…… 그런 몸으로 춤을 출 수 있겠어?" 나무좀은 비웃으며 말했다.

코끼리는 잠시 깊은 생각에 빠졌다. 그리고 대답했다. "출 수도 있지, 나만 한 코끼리라면 춤을 출 수 있어. 나는 추고 싶어."

나무좀은 미끄러져 내려갈 생각이었고, 코끼리에게 뒤따라와도 된다고 말은 했지만 사실 코끼리와 함께 미끄러져 내려가고 싶은 마음은 별로 없었다.

"내가 아무 이유도 없이 너를 위해 구멍을 뚫은 건 아니야." 나무좀은 말했다.

"물론 그렇겠지." 코끼리가 대답했다. 코끼리는 잠시 밖으로 고개를 내밀어도 되는지 나무좀에게 다시 물었다.

코끼리를 하늘과 닿지 못하게 하는 것은 얇은 나무껍질 막뿐이었다. 코끼리는 아무 거리낌 없이 그 나무껍질을 뚫고 나갔다.

"하지 마! 안 돼!" 나무좀이 외쳤다.

그러나 코끼리는 이미 참나무 꼭대기에 서서 주위를 돌아보고, 춤을 추다 비틀거리고, 결국 엄청난 속도로 떨어졌다.

코끼리는 나무좀보다 더 빨리 땅에 내려와 있었다. 나무좀은 앞으로 다시는 남에게 무언가를 알려주지 않을 거고, 남을 생각하는 일도 하지 않겠다고 다짐했다.

14

개구리는 생각했다. 내가 코끼리라면, 나무 위에서 피루엣이 아니라 개골개골 노래를 했을 텐데. 뭔가 조용한 노래로.

개구리는 무리에서 외떨어진 연꽃잎에 앉아 천천히 강을 떠내려갔다. 버드나무 아래 풀숲에 개미와 다람쥐가 누워 손을 흔들어주었고, 느릅나무 아래 땅바닥에는 코끼리가 떨어져 있었다.

개구리는 개골개골 활기차게 울더라도 폴짝폴짝 뛰는 건 동시에 하지 않겠다고 다짐했다. 그러나 가끔은 원치 않아도 저절로 활기차게 울며 폴짝폴짝 뛰어오르게 되었다.

개구리는 이맛살을 찌푸렸다.

내 노랫소리가 너무 아름다워 나도 모르게 폴짝 뛰어오르면 "브라보, 코끼리, 브라보!" 하고 나 자신에게 박수갈채를 보내고 싶어질

코끼리의 마음

거야. 그리고 바닥으로 떨어진 뒤에도 계속 노래하겠지. '야호' 대신 목청 높여, 정열적으로, 아주 간절한 마음으로 개골개골. 어쩌면 그 노래가 마지막 노래일지도 모른다는 걸 잘 알고 있을 테니까. 오, 그러면 뭔가 특별한 노래를 불러야 하나?

개구리는 몸을 흔들어 생각을 지워버리고, 소리 없이 빠르게 물 속으로 뛰어들었다.

가장자리로 헤엄쳐 강가 갈대 사이에 앉았다.

내가 코끼리라면, 나무 꼭대기에서 어쩌면 나도 모르게 뭔가 불길한 노래를 부를지도 몰라.

개구리는 코끼리의 긴 코와 커다란 귀 두 개를 가진 자기가 참나무 꼭대기에 앉아 있는 모습을 상상해보았다. 점점 더 위협적이고 억지로 뭔가 불길한 노래를 하고 있는 모습을.

폴짝 뛰어오를 때까지. 난 폴짝 뛰어올라야 해. 개구리는 계속해서 생각했다.

개구리는 물속으로 첨벙 뛰어들었다. 그제야 자신이 코끼리가 아니라 개구리라는 것을 깨달았다.

그게 기뻐할 일인지는 알 수 없었다.

개구리는 깊은 생각에 잠긴 채 물 위로 머리만 빼죽 내밀고 아주 단조로운 노래를 불렀다. 누구나 따라 부를 수 있는 개골개골 노래를.

15

하루살이는 생각했다. 내가 코끼리라면, 해넘이라는 게 없는 지평선 너머까지 보이는 높은 나무에 오를 거야.

나는 보기만 할 거야, 춤도 추지 않고, 비틀거리지도 떨어지지도 않을 거야. 그저 보기만 할 거야.

그러면 하루가 절대 저물지 않고, 나도 영원히 살 수 있겠지.

그리고 동물들이 그 나무를 지나치며 "당신은 누굽니까?" 하고 외치면, 이렇게 대답해줄 거야. "백년살이죠!" 아니 어쩌면 "백구십칠년살이입니다!"라고.

"오, 그러니까 코끼리가 아니군요?" 그들은 이러겠지.

"네, 아니고말고요!"

하루살이는 늦은 오후에 참호랑가시나무 가지에 앉아 있었고,

코끼리의 마음

해가 숲의 나무들 꼭대기 너머로 저물고 있었다.

하지만 난 코끼리가 아니잖아. 그리고 그렇게 높은 나무는 있지도 않아.

하루살이는 어디론가 날아가, 해가 완전히 넘어가기 전에 파티를 하려고 급히 몇몇 동물을 불러모았다. 서둘러 케이크를 한 조각씩 먹고 부랴부랴 잠시 춤도 췄다. 코끼리는 최대한 재빠르게 나무 위로 올라가 외쳤다. "아직 해가 넘어가지 않았어, 하루살이야!" 그리고 잠시 후 "아직도 지지 않았어!", 또 잠시 후 "아직도야!" 하고 외쳤다.

완전히 컴컴해질 때까지 코끼리는 계속 외쳤다.

하루살이의 두 뺨에 눈물이 흘러내렸다.

하루 종일 그때만큼 행복했던 적이 없었다.

날이 쌀쌀해지고, 바람도 불었다.

모두가 집으로 돌아갔고, 하루살이는 코끼리의 소리를 들었다. "아이쿠." 올려다보니, 하늘에는 이제까지 한 번도 본 적 없는 셀 수도 없이 많은 별이 반짝이고 있었다.

코끼리의 마음

16

물쥐는 생각했다. 내가 코끼리라면, 우선 '떨어지지 않는 법'에 관한 책을 읽을 텐데. 그리고 모두 잘 외운 다음에야 나무에 오를 거야.

그리고 나무 꼭대기로 오르면서, 책에 쓰여 있던 것을 열심히 곱씹을 거야.

네 발 다 사용할 것

뒤돌아보지 말 것

꼭대기에 뭐가 있을지 미리 기대하지 말 것

떨어지는 건 생각하지 말 것

말하거나, 외치거나, 속삭이거나, 한숨 쉬거나, 중얼거리거나, 그

어떤 소리도 내지 말 것(헐떡이는 것은 괜찮음)

뭐든 다 할 수 있다는 생각이 스치더라도 신경 쓰지 말 것

마지막 순간에 잘하면 넘어지지 않을 수도 있겠다고 생각하지
말 것

낙심하지 말 것

물쥐의 책장에는 구멍 파기에 관한 책도 있었다. 구멍을 파는 것
과 떨어지는 것이 어쩌면 비슷할지도 모른다는 생각이 들었다.

뭔가 잘못된 것이 보이면, 늘 책을 떠올렸다.

나비가 꽃에 부딪히려 하면―퍼덕거리지 마, 나비야.

곰이 아주 커다란 케이크 조각을 한번에 입에 집어넣어 새파랗
게 질리면―숨 막히지 마, 곰아.

두꺼비가 걱정으로 가득 차 안달복달하면―폭발하지 마, 두꺼
비야.

누군가 춤을 추다가 쥐의 발가락을 밟으면―찍찍거리지 마, 쥐야.

물쥐는 계속 생각했다. 내가 만약 코끼리이고 나무 꼭대기에 올
라간다면, 나는 이렇게 생각할 거야. 오, 그래! 그건 23장에 나오지!
균형 잡기! 그런데 어떻게 하더라? 만약 내가 거기서 떨어진다면?
어떻게 균형을 유지하라고 했는지 책을 찾아봐야겠어. 처음부터 끝

코끼리의 마음

까지 다시 읽고 정말 모든 것을 머릿속에 넣을 때까지, 어떻게 균형을 유지하는지 절대 잊어버리지 않게 읽고 또 읽어야지.

물쥐는 머리를 흔들며 생각에 잠긴 채 걸었다.

구멍을 파지 않는 것은 떨어지지 않는 것과 아주 비슷해. 어쩌면 훨씬 더 어려운 일이야. 구멍을 파는 것은 아무것도 없이 시작할 수 있지만, 떨어지는 건 아니야. 떨어지려면 우선 나무에 올라야 하고, 떨어질까 말까를 계속 고민해야 하잖아.

물쥐는 한숨을 내쉬며 '구멍 파지 않기'의 마지막 장을 다시 한 번 읽어보려고 서둘러 집으로 향했다. 그 장에는 특정한 자세들이 나와 있었는데, 코를 앞으로 내밀거나, 가슴을 젖힌 채 물구나무를 서거나, 천장에 꼬리로 매달리는 자세로는 구멍을 파는 것이 거의 불가능하다고 쓰여 있었다.

그러나 물쥐는 잠을 자면서도 계속 구멍을 팠다. 그래서 아침마다 구멍을 파다 멈춘 상태로 침대 밑에서 깨어났다. 마치 코끼리가 머리에 엄청난 혹을 달고 나무 밑에서 깨어나는 것처럼.

17

　바닷가재는 생각했다. 내가 코끼리라면, 인정사정없이 나를 떨어지게 한 나무들을 응징할 텐데. 너희에게 복수할 거야, 나무들아. 무슨 얘긴지 모르겠다고? 모른다 이거지? 그럼 맛 좀 봐라. 그러고는 나무들을 전부 잘라버리겠어. 감히 나를 떨어지게 하다니……

　바닷가재는 집게손에 기댄 채 탁자 앞에 앉아 있었다.

　그래도 나무 하나쯤은 남겨둬야겠다고 생각했다. 그 나무에게는 이렇게 말해야지. "잘 들어, 나무야. 주변에서 어떤 일이 일어났는지 똑똑히 봤겠지? 너는 운이 좋았어. 나무 하나 없는 세상이 될 뻔했는데 말이야. 하지만 언제든 나무 없는 세상이 될 수 있어……"

　나무는 덜덜 떨 것이고, 나는 그 나무에 올라갈 거야. 그리고 꼭대기에 다다르면……

바닷가재는 잠시 멈춰 차를 한 모금 마시고 다시 생각했다. 그런데 그 꼭대기에서 뭘 하지? 먼 곳을 바라보는 거? 말도 안 되지. 그냥 먼 곳더러 나를 보라고 해, 아니면 춤추는 거? 춤이라니…… 말도 안 되는 소리야……

아무튼 계속해서 바닷가재는 자신이 코끼리이고, 먼 곳을 보거나 춤을 추다가 꼭대기에서 떨어진다고 상상했다.

그때 나는 말할 거야. 날 내려줘. 그럼 나무는 현명하게 나를 땅에 내려놓겠지. 아무렴, 그렇게 해야 하고말고.

바닷가재는 입술을 핥았다. 그리고 외쳤다. "내가 코끼리라면, 잘 알았을 텐데."

바닷가재는 한쪽 집게손으로 탁자를 내리치며 물었다. "이봐, 탁자, 이제 알겠어? 아니라고?" 바닷가재는 탁자를 더 세게 내리쳤다. 결국 집게손이 부러져버렸다.

"아오." 바닷가재가 소리쳤다.

부러진 집게손을 고쳐보려 했지만 잘되지 않았다.

바닷가재는 자리에서 일어나 탁자 주변을 세 바퀴나 돌았다. 그러고는 침대로 가 아무것도 내리쳐본 적 없는 다른 집게손에 머리를 얹고 잠들었다. 남아 있는 집게손은 정말 소중했다.

코끼리의 마음

18

꼬치고기는 생각했다. 내가 코끼리라면, 잉어는 우스워 보일 텐데. 갈대 속에 몸을 숨기며 헤엄치는 잉어가 보이면 느긋하게 다가갈 거야. 그러면 잉어는 놀라서 불같이 빨개지겠지.

"이게 누구야. 잉어구나. 놀라서 얼굴이 빨개졌니?"

"그…… 그……" 잉어는 말을 더듬을 것이다. "그런데 넌 누구니?"

"그것도 몰라? 나는 코끼리야."

"여기서 뭐 해?"

"여기서 뭐 하느냐고? 그건 너한테 물어봐야지. 내 말은, 네가 여기서 대체 뭐 하느냐는 거야." 그러면서 코로 잉어를 가리킬 거야.

"나는 헤엄치고 있었어." 잉어는 어리둥절해하며 대답하겠지. 그래, 어리둥절한 채로.

"헤엄이라…… 그걸 헤엄이라고 하다니…… 그 빈약한 지느러미로……" 내가 펄럭이는 큰 귀로 헤엄치며 기다란 코로 잉어 주위의 물을 몽땅 빨아들이면, 잉어는 드러난 강바닥 위에 쓰러진 채 흉한 입술만 뻐끔뻐끔할 것이다.

"땅이야, 잉어야! 땅이라고!" 나는 외칠 거야. 흥분해 목소리가 갈라져 나와도 상관없어.

꼬치고기는 한숨을 내쉬었다. 그런 상상까지 할 거라고는 생각지 못했다. 슬픈 상상이라는 생각이 들었고, 더 이상 상상하고 싶지 않았다. 잉어는 그냥 잉어일 뿐이니까.

꼬치고기는 갈대 사이 강바닥 가까이에서 체념한 듯 계속 헤엄쳤다. 만약 내가 다람쥐라면, 그런 상상은 하지 않았을 거야.

꼬치고기는 강이 굽이지는 지점에 다다랐다.

꼬치고기는 생각했다. 내가 코끼리라면, 먼저 잉어에게 내 소개를 하고 나는 그냥 상상 속의 나라고 말해줄 거야. 놀랄 거 하나도 없다고, 친절하게 인사해야지. 잘 지내니?

19

잉어는 생각했다. 내가 코끼리라면, 꼬치고기를 당황시키고 아주 혼란스럽게 만들 거야. 내 이름을 '코어'나 '잉끼리'라고 해야지. 꼬치고기는 그런 이름은 한 번도 들어보지 않았을 테지만, 별로 놀라울 거 없어. 그리고 꼬치고기 앞에서 물 위로 튀어올라 한 바퀴 공중제비를 돌고 다시 물속으로 풍덩해야지.

잉어는 강 한가운데를 헤엄치며 꼬치고기가 있는지 이리저리 살펴보았다.

꼬치고기를 만나면 여기 뭐가 있는지 아느냐고 한번 물어봐야겠다.

"아니, 몰라." 꼬치고기는 대답할 것이다.

"괴물이 있어."

"괴물?"

"응, 미끌미끌한 괴물."

그렇게 말하고 헤엄쳐 가버려야지. 꼬치고기는 나를 우러러보는 마음으로 적당히 떨어져서 따라오다가, 내가 어떻게 폭포를 거슬러 헤엄쳐 올라가는지 보게 될 거고. 나는 위에 올라가서 주변을 돌아보고 세상을 둘러보다가 저 멀리 깊은 곳에 있는 그를 알아볼 거야. 꼬치고기는 물 위로 머리를 내밀고 날 보려고 완전히 뒤로 몸을 젖히겠지. 그럼 나는 가능한 한 큰 소리로 웃고 소리쳐줄 거야.

"꼬치고기야, 내가 지금 뭐 하는지 알아?"

"아니."

"널 비웃고 있어."

"아……"

꼬치고기는 참담해서 완전히 하얗게 질릴 것이다.

"꼬치고기야, 너도 이따금 걱정이란 걸 하니?"

"뭐? 내가? 걱정을 하느냐고?"

그리고 나는 다시 헤엄치며, 꼬치고기에 대해서는 더 이상 아무 생각도 하지 않을 것이다. 그렇게 할 것이다. 헤엄치고 생각하고, 오, 정말 좋겠다. 나는 더 이상 너를 생각하지 않아, 꼬치고기야. 나는 네 생각 따윈 절대 안 해.

코끼리의 마음

잉어는 깊은 숨을 내쉬며 눈을 꼭 감았다.

잉어는 꼬치고기를 더 이상 생각하지 않겠다는 걸 절대 잊지 말아야겠다고 생각했다.

20

사자는 생각했다. 내가 코끼리라면, 그래서 나무에 올라가 꼭대기에 선다면, 온 힘을 다해, 그리고 무서울 정도로 우렁차게 울어서 모든 동물이 뛰쳐나와 소리치게 할 텐데. "코끼리야, 무슨 일 났어?"

"크르릉, 나는 여기서 떨어지고 싶지 않아!"

"그래, 그럴 필요 없어!"

동물들은 서로의 어깨 위로 올라갈 것이다. 물쥐 위에 하마, 하마 위에 딱정벌레, 딱정벌레 위에 기린, 내가 서 있는 나무만큼 높아질 때까지. 나는 맨 위 동물의 어깨에 올라가 외칠 것이다. "크르릉, 고마워." 너무 강하지 않게, 부드럽게 외쳐야지. 그러면 모두 말할 것이다. "그래, 나무에서 떨어질 필요 없어…… 우리에게 미리 알려만 준다면." 우리는 서로의 어깨에 오른 채 숲 속을 걸을 것이다. 저녁이 될 때까지 이 나무 저 나무 꼭대기에 잠깐씩 내려 먼 데를 보고 춤을 추다가 다시 어깨 위로 돌아오면서. 그러고 나서 어깨를 조심스레 풀고 천천히 무너질 것이다. 내가 마지막으로 땅을 밟을 거야. 주위를 둘러보며 흡족해하고, 넘어진 동물들을 일으켜주고, 아픈 동물에게는 친절하게 위로도 해줄 거야. 모두 내게 고마워하고 이렇게 속삭일 테지. "고마워, 코끼리야. 너는 사자를 닮은 것 같아. 정말 친절하구나……"

사자는 주변을 돌아보았지만 아무도 보이지 않았다. 날카로운 발톱으로 가슴을 살짝 때려보았다.

"아우우." 사자는 신음했다. 그리고 강 쪽으로 성큼성큼 걸어가 버드나무 아래서 강 반대편을 향해 내가 왔노라 하고 울어볼 생각이었다. 하지만 저 반대편에는 아직 한 번도 가본 적이 없었고, 거기서도 성큼성큼 위풍당당하게 걸을 수 있을지, 가슴을 때릴 수 있을지 사자는 알 수 없었다.

21

내가 코끼리라면…… 어느 아침, 보리수나무 가장 낮은 가지에 앉아 나비는 생각했다.

나비는 눈을 꼭 감고, 내가 코끼리라면, 하고 상상했다.

이리저리 몸을 흔들어보았다.

나는 이제 훨훨 날 수 없구나.

나비는 보리수나무 가지에서 아주 조심스럽게 한 발 한 발 내디뎠다.

나는 코끼리야. 공작코끼리. 나는 나무에 오르고 싶어.

나비는 나무기둥까지 가서 천천히 올라갔다.

발을 디딜 때마다 날아오르고 싶어졌기 때문에 꽤 어려웠다. 하지만 그럴 수 없다는 것을 나비는 잘 알고 있었다. 그러면 코끼리가

코끼리의 마음

아니기 때문이었다.

마침내 보리수나무 꼭대기에 다다라 주위를 둘러보았다.

나비는 이제 뭔가를 외쳐야 한다고 생각했다.

"먼 곳이다! 먼 곳이 보인다!" 나비는 외쳤다.

코끼리 코로 트럼펫 소리도 내보았다.

비록 코끼리 소리와는 전혀 다른 갈라지는 소리가 났지만, 거의 비슷하다고 생각했다.

자, 이제 댄스 스텝을 밟아볼까.

나비는 한 다리로 댄스 스텝을 밟고 날개를 펴지 않고 한 바퀴 회전도 했다. 귀는 펴도 되겠지. 나비는 머리를 흔들어 귀를 폈다.

이제 가장 어려운 순서구나. 떨어지기.

몸을 던져 떨어졌다.

너는 날개가 없어! 하고 생각했지만 이미 늦어버렸다. 벌써 날개를 펴고 날아오르고 있었다.

나비는 다시 떨어지려 했지만 또다시 날개를 펼치고 말았다.

나는 코끼리하고 하나도 안 닮았어. 나비는 생각했다. 그리고 자기가 잘못한 모든 일에 대해 화를 냈다.

나는 정말 나비일 수밖에 없나.

결국 나비는 아래로 날아가 거의 땅에 드리운 보리수나무의 가장 낮은 가지에 앉았다.

　내가 코끼리가 아니라 다른 거라면…… 예를 들어 고래나……

　하지만 나비의 상상은 거기서 더 나아가지 못했다.

　내가 아무것도 아니라면……

　놀랍게도 아무것도 아니라는 것이 제일 어려웠다.

　나는 나비니까 어쩔 수 없어. 나비는 높이높이 훨훨 날아 덤불과 관목 숲 속을 돌아다니다가, 쓸쓸한 미나리아재비 위에 앉기도 하고, 날개를 접고 그동안 생각했던 것들이 그만한 가치가 있는지 스스로에게 묻기도 했다. 나비는 이제 그런 것이 기억조차 나지 않았다.

22

비버는 생각했다. 내가 코끼리라면, 흐음…… 뭘 해볼까?

비버는 강가의 자기 집에 앉아, 저 멀리서 코끼리가 버드나무에서 떨어지는 것을 지켜보았다. 이어 "아이쿠" 하는 외침과 쿵 하고 세게 땅으로 떨어지는 소리도 들었다.

그럼 나도 코끼리 코를 갖게 되는 건가? 코는 무조건 없애버려야겠어. 그 코라니…… 그 코로 대체 뭘 한단 말이야?

그리고 그 펄럭이는 큰 귀는? 그것도 없애버려야지. 정말 쓸데없는 부속품이야. 어쩌면 그런 걸 갖고 싶어 하는 이가 있을지도 모르지만.

그리고 그 발…… 우스꽝스러워 정말! 같이 없애버리자.

꼬리는 더 큼직한 걸로 바꿔야겠어. 이상하게 생긴 상아는 좀 정

코끼리의 마음

상적인 걸로, 너무 크지 않으면서도 날렵한 것으로 바꿔야지.

회색은 내가 좋아하지 않는 색이야. 색도 전부 다시 칠해야겠어. 회색만 아니면 어떤 색이든 괜찮아.

그리고 나무에 오른다고? 나라면 나무를 먼저 갉아먹겠지. 나무가 땅에 쓰러지면 꼭대기까지 편히 걸어갈 수 있을 거야. 어디 떨어질 일도 없고. 발을 디뎌야지. 발을 디디고 나무에서 내려오는 거야.

누군가 나를 보고 놀라 쳐다보면, 나는 완전히는 아니지만 어느 정도는 코끼리라고 해줄 수 있어. 그런 다음에 비버라고 말해줘야지. 왜냐하면 나는 비버니까.

비버는 자리에서 일어나 일하러 나갔다. 코끼리가 된다는 건 말도 안 되는 일이라고 생각했다.

그리고 집 주변 울타리를 두껍고 높게 쌓아올리면 더 이상 코끼리가 나무 위에서 떨어지는 것을 보지 않아도 되고, 엄청난 쿵 소리도, 그뒤로 한참 들리는 신음 소리도 듣지 않아도 될 거라고 생각했다.

23

쥐는 생각했다. 내가 코끼리라면, 참나무 꼭대기에 서서 춤을 추는 대신 연설을 할 텐데. 그러면 모두 내 연설을 들으러 올 거야.

우선 세상 모든 것은 제각각 유일한 존재라고 이야기할 거야. 세상에는 태양도 하나, 달도 하나, 그리고 너희 인생도 단 한 번뿐이라고.

난 최선을 다해 연설한 다음 이렇게 외칠 거야. "그리고 세상에는 단 하나의 '나'만 존재해. 그것이 바로 나, 코끼리야."

연설이 끝나면 우레 같은 박수가 쏟아지겠지. 그러면 나는 청중들에게 고개 숙여 크게 절을 할 거야. 그러다가는 나무에서 떨어지겠지만, 상관없어. 왜냐하면 이 세상에는 추락도 단 한 번, 땅도 단 하나, 충돌도 단 한 번, 혹도 단 하나, 그리고 고통의 외침도 단 한 번만 있기 때문이야.

더 이상 생각나는 것이 없었다.

쥐는 이맛살을 찌푸리며 뒷짐을 진 채 숲을 서성였다. 그러다가 자신이 개구리나 거미라면 어떨까 생각해보았다.

자신이 코끼리인 줄 알고 연설을 들어준 다른 이들에 대해서도 생각해보았다. 그들은 이렇게 외쳤을 것이다. "너는 코끼리가 아니야, 그럴 리가 없어. 너는 쥐야 쥐. 오직 쥐만이 그렇게 훌륭한 연설을 할 수 있거든. 세상에 쥐는 하나뿐이고, 그게 바로 너야. 설마, 잊고 있었니? 너는 세상에 존재하는 가장 특별한 동물이고, 가장 특별한 동물은 하나밖에 없지, 바로 너! 쥐여, 영원하라! 만세, 만세!"

참나무 아래서 코끼리가 앓는 소리가 더 이상 들려오지 않을 때까지.

24

어느 날 숲 속을 거닐던 두꺼비는 생각했다. 내가 코끼리라면, 그리고 그렇게 자주 나무에서 떨어진다면, 나는 무척 화가 날 것 같은데.

정말 아주아주 화가 날 거야!

나를 떨어지게 하다니…… 분노에 목이 막힐 거야! 타오르는 분노의 연기를 내뿜을지도 몰라. 나는 울고불고 소리치고 비명을 지르다가 더 이상 아무 소리도 낼 수 없게 되겠지. 나무를 뿌리째 땅에서 뽑아버리고 가루가 될 때까지 부술 거야. 가루와 함께 썩은 나무에서 떨어진 먼지만 풀풀 날려대겠지. 그리고 나를 떨어뜨린 다른 나무들도 가만히 안 놔둘 거야. 어떤 나무도 무사할 수 없어.

두꺼비는 좀 더 깊이 생각하기 위해 잠시 멈춰 섰다.

두꺼비는 자기가 코끼리가 아니라서 코끼리 본인에게는 다행이라는 생각이 들었다. 내가 코끼리라면, 더 이상 오를 수 있는 나무가 없을 테니까.

두꺼비는 계속해서 천천히 몸을 부풀리며, 덤불가지조차 더 이상 남아나지 않을 거라고 생각했다. 풀잎 하나, 모래 한 알, 빛 한 줄기, 공기 한 모금조차……

바로 그때, 한참 부풀어오르던 두꺼비가 펑 하고 터지며 숲 속 여기저기로 흩어졌다. 구제할 길이 없어 보였다.

잠시 후 두꺼비는 다시 제 모습으로 돌아왔다. 목소리도 돌아오고, 나머지도 모두 제자리를 되찾았다.

두꺼비는 예전의 모습이 제대로 돌아왔는지 꼼꼼히 점검했다. 그리고 손가락 마디를 딱딱 소리 내며 꺾어보고는, 이마에 흐르는 안도의 땀방울을 훔친 뒤 계속 걸어갔다. 그러면서 앞으로는 절대 다른 누구에 대해서도 생각하지 않겠다고 다짐했다.

"이제 다른 생각은 진짜 하지 않겠어." 두꺼비는 씩씩거렸다.

25

맘모스는 생각했다. 내가 코끼리라면, 행복할 것 같아! 그러면 지금은 현재이지 옛날 그때가 아닐 테니까.

맘모스는 고대의 구부러진 나무 꼭대기에 서서, 아련히 자신을 둘러싸고 있는 먼 곳을 힐끔 보았다. 그곳은 오래되고, 볕에 그을리고, 춤을 출 만하지도 않았다. 그저 아주 황량하고, 활기라고는 찾아볼 수 없었다. 그러다 맘모스는 발부리에 걸려, 기억조차 나지 않지만 언젠가 그가 살았던 벌판인가 얼음 위로 끽소리도 못 내고 떨어지고 말았다.

맘모스는 몇 백 년 동안 앓아누웠고, 그렇게 두 눈을 꼭 감은 채 풀 혹은 얼어붙은 진흙 위에서 꼼짝도 못하고 수만 년을 누워 지냈다.

그리고 모든 시간이 옛날 그때, 그때, 그때였다.

코끼리의 마음

26

아르마딜로는 생각했다. 내가 코끼리라면, 마음껏 숲을 누비는 동안 참나무 꼭대기에 집을 지을 텐데. 내 몸과 침대, 흰색과 보라색 라일락을 꽂은 화병이 있는 작은 탁자가 들어갈 정도의 아담한 집을.

아르마딜로는 라일락 향기가 좋았다.

밤에 잠들기 전에는 창밖으로 숲 너머 아주 먼 곳까지 내다볼 텐데. 아르마딜로는 계속 생각했다. 저기 저 일몰을 바라보며, 아름다움에 취해 내 방에서 기쁨의 춤을 추겠지. 심지어 피루엣을, 어쩌면 재주넘기를 할지도 모르겠어.

잠시 생각을 멈추고 귀 뒤를 긁적였다.

아르마딜로는 춤을 춰본 적도 없고, 피루엣을 어떻게 하는지도 몰랐지만 그런 생각을 했다. 한 발로 하는 건가? 아니면 꼬리로? 코로? 이빨로? 뒤통수로? 그러고 보니 재주넘기를 해본 적이 한 번도 없구나……

아르마딜로는 머리를 흔들며 다시 생각을 이어갔다. 코끼리라면 어떻게 할까.

더 격렬하게 춤을 춰봐야겠어. 내 가능성의 한계를 시험해볼 거야.

잠깐 헛기침을 하고 계속 생각했다.

그래, 내 가능성의 한계를 꼼꼼히 시험해보고 가능한 한 넘어설 거야.

아르마딜로는 두 눈을 꼭 감고, 나무 꼭대기에서 춤을 춘다고 상상해보았다.

두 다리로 비틀거리며 떨어질 때까지 춤을 추는 상상.

아르마딜로는 다시 한 번 머리를 흔들었다. 그래도 심하게 떨어지지는 않을 거야. 어쨌든, 그 집은 내 손으로 지었으니까. 나는 라일락이 있는 탁자 옆 침대 위로 정확히 떨어져 곧바로 잠이 들면 돼.

달디단 잠을 자겠지!

아르마딜로는 이따금 어깨의 먼지를 털어내며 계속 열심히 걸어갔다. 방금 참나무 꼭대기에서 떨어진 코끼리의 신음 소리가 저 멀리서 희미하게 들려왔다.

27

족제비는 생각했다. 내가 코끼리라면, 모두에게 내일이 내 생일이라고 알릴 텐데. 그러면 오늘은 준비를 할 수 있겠지?

족제비는 준비하는 일만큼 신나고 좋은 일은 없다고 생각했다. 여러 가지를 준비해야지. 꽃 장식을 걸고, 케이크를 굽고, 의자를 빌려다 놓고, 누구 옆에 누가 앉을지도 생각해두고, 인사말을 쓰고, 목청을 가다듬고, 이리저리 바삐 뛰어다니며 준비하는 거야. 아, 맞다! 깜빡할 뻔했네. 그리고 잠시 후 또 그러겠지. 아, 맞다 그거! 족제비는 생일이 코앞에 닥치면 이런저런 것이 마구 머리에 떠올랐고, 준비되지 않은 이런저런 것이 시시때때로 머리에 떠오르는 것만큼 신나는 일은 또 없었다.

족제비는 어딘가에 오를 시간이 없으면 좋겠다고 생각했다. 무엇

코끼리의 마음

보다, 어디론가 떨어질 시간만큼은 없길 바랐다.

족제비는 머리를 끄덕였다. 어제가 생일이었다면 하고 생각해볼 수도 있겠지. 선물들을 열어보고, 남은 음식들을 먹어치우고, 식탁보를 정리하고, 꽃 장식을 치우고, 의자를 돌려주고, 누가누가 왔었고 누가누가 춤을 추었는지 떠올리고, 창가에 앉아 그 기억을 음미하는 거야.

기억을 되새기면서 즐기는 건 머릿속에 할 일을 떠올리며 준비하는 일만큼 즐거웠다.

그러나 족제비는 절대 오늘이 생일이기는 바라지 않았다. 모두가 참석한 파티가 최고조일 때 누군가 "코끼리야, 어때? 너 아주 잘 올라갈 수 있잖아?" 하고 외칠 테니까. 그러면 모두가 추던 춤을 멈추고 나무에 오르라고 나를 부추길 것이다. 내가 케이크와 함께 엄청난 충격으로 탁자에 떨어져 모든 손님을 날려버리기까지는 그리 오래 걸리지 않을 것이다.

맞아, 내가 모두 날려버릴지도 몰라. 하지만 어쩌면 다시 날아 돌아올지도……

아니야, 내가 코끼리라면, 절대 오늘만큼은 생일이 아니어야 해. 누군가 나에게 물을 거야. "코끼리야, 말해봐, 네 진짜 생일은 언제야?" 그러면 이렇게 대답해야지. "내일" 아니면 "조만간" 아니면 "어

머, 물어봐줘서 고마운데 내 생일은 얼마 전이었어…… 아주 대단
한 생일 파티를 했지…… 거의 모두가 왔었는데…… 네가 못 온 게
유감이야……"

족제비는 자신이 코끼리라면 "나 얼마 전에 생일이었어"라고 말
해야겠다고 생각했다.

코끼리의 마음

28

까마귀는 생각했다. 내가 코끼리라면, 모두가 이렇게 말할 것이다. "헉, 잠깐만, 코끼리야…… 네가 어떻게 코끼리야? 너 까마귀 아니야? 간교한 속임수야, 그렇지? 우린 너를 아주 잘 알아. 나쁜 녀석 같으니라고!"

나는 까마귀로 돌아오고 싶겠지만 그럴 수 없을 것이다.

"아니, 너는 까마귀가 아니야." 그들은 두툼하고 아주 탐욕스러운 입술에 달달한 미소를 머금고 말할 것이다.

까마귀는 참나무 가지에 앉아 머리를 깃털 속에 파묻었다.

"네가 까마귀라면, 우리도 까마귀가 될 수 있겠네. 아니, 너는 까마귀가 아니야, 코끼리 너…… 분명 날 수 있어, 그래. 떨어지지 않고…… 얼른 저기 저 나무 위로 한번 올라가봐……" 모두가 외칠 것이다.

내가 오르려 하지 않으면, 그들은 나를 잡아끌어 참나무 위에 올려다놓고 말할 것이다. "자, 이제 떨어져봐!" 그리고 내가 떨어지지 않으면, 내 날개를 잘라버린 뒤에 툭 밀쳐버릴지도 몰라.

까마귀는 머리를 날갯죽지에 감춘 채 무척 성난 목소리로 몇 번 깍깍 울었다.

내가 코끼리라면, 나는 나 자신에 대한 혐오로 가득할 거야. 모두 내 모든 것에 대해 의심하고, 나를 잡아가려 하겠지. 그래, 그들은 그걸 원할 거야. 나를 잡아가는 것. 경찰서로 데려가서 가두는 것.

"나는 코끼리가 아니야!" 까마귀는 머리를 들고 크게 깍깍 소리 쳤다. 모두가 그 소리를 들었다.

그러나 아무도 그를 믿지 않았다. 이미 오래전부터 아무도 까마귀를 믿지 않았다.

코끼리의 마음

29

친애하는 코끼리에게

내가 당신이라면, 물음표에 올라가거나 소괄호나 물결표, 혹은 필요한 경우 빗금이나 중괄호 같은 데 올라갈 텐데요. 하지만 느낌표에는 절대 안 올라갈 거예요.

내가 물음표에 올라간다면, 매번 나를 앞서갔던 질문을 되돌아보고, 그 질문에 대한 답을 생각해볼 것 같아요.

그 질문은 아주 명확하고 중요한 것이겠죠. 그리고 내 대답은 말하자면 관련된 질문의 본질을 핵심적으로 풀어낼 정교하고 간결한 것이어야 해요.(만약 잘 이해가 안 되면, 회신으로 좀더 자세히 설명해줄게요.)

물음표 꼭대기에 도착하면 주변을 한번 둘러보고 먼 곳을 바라보겠어요. 대문자도 보이고, 모음도 보이고, 흥미진진한 자음이나 모든 비공식적 부호, 쉼표, 쌍점까지…… 모르는 언어로 쓰여서 읽지도 못하겠지만 나는 환희의 춤을 추며 "오우" "와우!" "아!!"라고 써보겠어요.

그러고 나서 떨어진다면, 나는 물음표의 등을 따라 검정 밑줄까지 죽 미끄러져 내려갈 거예요. 그러면 기껏해야 머리에는 취소선, 목에는 붙임표, 그리고 등에는 거의 아프지는 않지만 작은 말줄임표 세 개가 생기겠죠.

내가 코끼리 당신이라면, 부호 모양에 따라 말 그대로 유려하게 떨어지겠어요. 마치 시인처럼요.

—뱀잡이수리가

30

담비는 생각했다. 내가 코끼리라면, 급히 파티에 갈 준비를 하며 거울 앞에 서서 말할 텐데. "코끼리, 너 참 징그럽게도 생겼구나."

그러니 코끼리 코가 있겠지.

거울 앞에 서서 자신을 바라보며 코 위, 자세히는 모르겠지만 그 위 어디쯤에 기다란 회색 코가 있는 것을 상상해보았다.

담비는 상상했다. 파티에 가야 할 때…… 허비할 시간이 없는 상황에…… 내 얼굴에 코끼리 코가 달려 있다면……

담비는 발끝으로 서보려다가 발뒤꿈치로, 두 발로, 한 발로, 그리고 다시 네 발로 섰다.

담비는 코끼리 코로 리본을 묶어볼까 생각했다.

코 위에 회색 리본이 묶인 모습을 상상해보았다.

그래, 그렇게 하고 파티에 가는 거야. 그러면 모두가 "코끼리야! 그게 뭐니?" 하고 묻겠지.

"뭐?"

"그거, 네 코 위에 있는 거."

"아 이거…… 이건 리본이야."

모두 리본을 갖고 싶어 하겠지만, 절대 가질 수 없어. 왜냐하면 코끼리는 그들이 아니라 바로 나니까. 리본을 가지려면, 코끼리 코가 필요하니까. 그러나 아무도 그 사실을 모를 테고, 나도 말하지 말아야지.

담비는 몇 발 뒤로 물러나, 비스듬히 머리를 들었다.

그래, 어쩌면 코끼리가 되어보는 것도 괜찮겠어. 비즈가 달리고 뒷자락이 멋진 연미복이나 비늘, 특히 색이 변하는 비늘 장식으로 꾸민 긴 빨간색 코트를 입은 코끼리 말이야. 그 귀로도 뭔가 할 수 있을 것 같아. 귀를 위로 쭉 펼친다든가, 노란색 아니면 군청색으로 칠한다든가. 그래, 산뜻하게 주홍색과 군청색을 섞어 칠해야겠다. 그래도 코는 회색으로 둬야지. 회색은 품위 있고 개성 있어 보이니까.

담비는 만족스러워하며 몸을 돌려 밖으로 나와 대벌레의 파티장을 향해 숲 속을 걸어갔다. 평소와 다름없이 화려한 코트와 우아한 콧수염으로 동물들의 감탄을 한몸에 받을 기대에 부풀어.

31

딱정벌레는 생각했다. 내가 코끼리라면, 더 자주 나무에 오르고 더 세게 떨어질 텐데. 그리고 또 생각했다. 부러지지 않은 데가 있는지 확인해서 거기도 마저 부러뜨려야지. 머리? 그래 내 머리도. 내 코? 그래 내 코도. 그리고 찌그러지고 불쾌하고 두들겨맞아 용기를 잃은 것처럼 보여야겠어. 그러면 모두 나에게 연민을 느끼겠지. 아니, 그것만으로는 충분치 않아! 난 화를 내며 모두 내게 연민 따위는 갖지 말라고 외칠 거야. 비록 속으로는 나에게 연민을 갖거나 차라리 동정심과 경멸이 섞인 감정을 갖길 바라겠지만. 그들은 나에게 이렇게 말하겠지. 다른 감정을 가질 수 없었어, 그저 연민, 순수한 연민의 감정이었어. 나는 나무에서 떨어지면서, 아주 무서운 생각을 품을 거야. 다시는 일어설 수 없을 거라는 생각, 사라지지 않는 통증, 비참한 붓기, 가혹한 혹 등등……

딱정벌레는 숲 한가운데 바위 밑에 앉아 생각에 잠겨 있었다. 코끼리가 저 멀리서 땅바닥에 떨어져 끙끙대는 동안.

하지만 나는 딱정벌레이고, 그 사실이 더 딱해.

딱정벌레는 벌떡 일어나 "나는 한 번도 코끼리였던 적이 없어!"라고 외치고 싶었다. 모두가 고개를 저으며 생각하겠지. 딱한 딱정벌레, 코끼리였던 적조차 없대……

그러나 딱정벌레는 그렇게 외치지 않았고, 자신을 우울하게 하는 침울한 사색에 잠겼다. 결국 미끄러져 넘어지고, 해가 자신을 작심하고 쏘아보고, 모두 자신에게 적대감을 보이기는커녕 더 비참하게도 자신을 응원하고, 우울함이 마치 바위에서부터 생긴 양 세상이 그 바위 밑에 무너져버릴 것이라는 생각. 세상이 무너져버리면 더는 아무것도 존재하지 않겠지. 아무것도……

32

고슴도치는 생각했다. 내가 코끼리라면, 우리 집, 그러니까 나 고슴도치의 집에 놀러갈 텐데.

우리는 창가에 마주 앉아 차를 마시며 가끔 창밖을 내다보겠지.

그리고 얼마쯤 시간이 흐르면 우리 둘 중 하나가 질문을 할 거야. "우리, 무슨 말이라도 해야 하는 거 아니니?" 그러면 나머지 하나가 대답하겠지. "아니, 그럴 필요 없어."

그렇게 어두워질 때까지 앉아 있다 보면 나무에 오르기에는 너무 늦은 시간이 될 거야. "고슴도치야, 나 조금만 더 있다가 갈게." 내가 말할 테지. 그리고 나는, 나 고슴도치는 잘됐다고 생각할 거야.

아마도 우리는 춤을 추겠지.

고슴도치는 눈을 꼭 감고 생각했다.

함께 춤을 추는 거야…… 서로 조금 떨어져서…… 그래도 나, 이 고슴도치가 속삭일 수 있을 만큼은 가까운 거리에서. "안녕, 코끼리." 나 코끼리는 알아듣고 다시 속삭이겠지. "안녕, 고슴도치."

늦은 밤 집으로 돌아갈 때는, 나무 오르기나 떨어지기가 아니라 오직 나 고슴도치에 대해서만 생각해야지. 그리고 집에 도착하면 나에게 편지를 써야지.

친애하는 고슴도치에게
나는 아주 행복해.
다른 누구도 아닌
네가 나, 아니 내가 너여서.

—코끼리(고슴도치)가

그리고 내 생각들은 잠들 때까지 머릿속을 맴돌 거야.

고슴도치는 창밖을 바라보았다.

내가 코끼리라면 당장 "고슴도치야! 고슴도치야!" 하고 외칠 텐데. 그리고 큰 귀와 코를 흔들며 달려갈 텐데……

고슴도치는 한숨을 내쉬었다. 그리고 커튼을 내리고 마실 차를 준비했다.

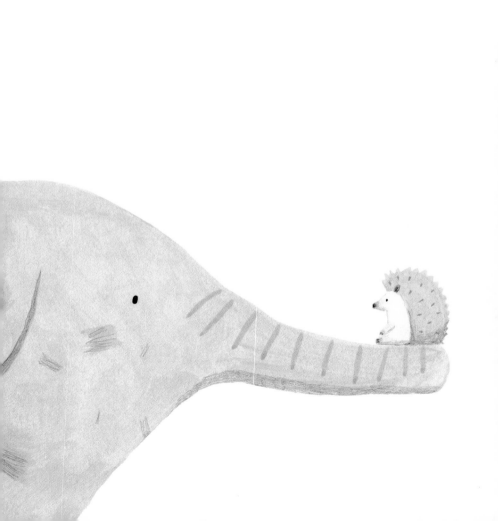

33

바퀴벌레는 생각했다. 내가 코끼리라면, 그래서 바퀴벌레가 아니라면.

바퀴벌레는 깊은 한숨을 내쉬었다.

아, 바퀴벌레가 아니라니…… 무엇보다 바라는 일이었다.

여기저기서 떨어지고, 온몸이 부러지고, 아주아주 아파도 다 상관없어, 바퀴벌레만 아니라면……

바퀴벌레는 집 안을 돌아다니다가 벽에 걸린 거울을 자꾸 힐끔거렸다.

나는 누굴까? 바퀴벌레는 생각했다. 바퀴벌레지. 혐오스러운 바퀴벌레.

그리고 목에서 우두둑 소리가 날 만큼 격렬하게 고개를 끄덕였다.

코끼리의 마음

내가 코끼리라면 다시는 거울을 보지 않을 거야. 의자에 앉아서 고작 내 코나 발을 보겠지. 다른 데는 차라리 안 보는 게 나아. 하지만 온종일 나만 쳐다보고 있지는 않을 거야.

그리고 모두에게 편지를 써야지.

여러분
다들 그거 알아요?
내가 바퀴벌레가 아니란 걸요.

— 코끼리가

그러면 모두 나를 축하해줄 것이고, 심지어 그 혐오스러운 바퀴벌레에게도 편지가 올 것이다.

친애하는 코끼리에게
정말 좋겠어요,
내가 아니라서요.
살살 떨어지세요.

— 바퀴벌레가

여기서 잠시 멈칫했다.

살살 떨어지라고 쏠까 말까?

그래, 그건 좀 비웃는 것 같고, 비아냥거리는 것 같기도 해. 난 원래 좀 빈정대지. 빈정대는 바퀴벌레.

그리고 다시 거울을 보며 자신이 누구인지 똑바로 바라보았다. 예전부터 늘 그런 모습이었고, 앞으로도 늘 그대로일 모습을.

코끼리의 마음

거북이는 생각했다. 내가 코끼리라면, 코와 귀가 가장 만족스러울 것 같아. 그리고 하루 종일 나무에 올라가야 하더라도 별로 부담스럽지 않을 거야. 그래도 거북이 등딱지는 하나 장만해둬야지.

모두가 "거북이야, 그런데 그건 반칙 아니니, 지금 너는 완전한 코끼리가 아니라 '거북끼리'잖아" 하고 말하더라도, 그러거나 말거나 개의치 않을 거야. '거북끼리'라고 하라지 뭐.

거북이는 자기 등딱지 밑 주변을 두리번거렸다. 반대편에는 달팽이가 무료한 듯 가만히 두 눈을 감고 있었다.

거북이는 등딱지가 왜 필요한지 생각했다. 만약 나무에서 떨어지면 등은 바닥을, 몸은 하늘을 향한 채 등딱지로 떨어질 거거든. 내 등딱지에는 혹이 생긴 적이 한 번도 없어.

거북이는 잠시 침을 삼키고, 한 발 앞으로 나아가 외쳤다. "달팽이야!"

"응." 한참 뒤에야 달팽이가 대답했다.

"있잖아, 너 혹시 내 등딱지에 혹 생긴 거 한 번이라도 본 적 있어?"

"아니." 달팽이가 대답했다. 그리고 한참이 지나 덧붙였다. "너는 나처럼 더듬이 두 개를 가져본 적도 없지."

35

진딧물은 생각했다. 내가 코끼리라면, 나는 내가 참 창피할 거야.

진딧물은 거울 앞에 서서 자신이 코끼리라고 상상해보았다. 정말 엄청난 귀야…… 생각할수록 얼굴이 빨개졌다. 게다가 코는……

생각만으로 이렇게 창피했던 적은 여태까지 진정 한 번도 없었다.

내가 나여서 그나마 다행이야. 진딧물은 생각했다. 그래도 내가 코끼리라면…… 매번 떨어진다니까 한두 번이 아니겠지. 내가 나무에 오른다면, 이미 그전에도 떨어졌고, 그 이전에도 그 이전에도……

어쨌든 나는 너무 창피할 거야. 내 부끄러움 때문에 나에게 뭔가 끔찍하고 엄청난 일이 일어날지도 몰라. 너무 이상해서, 모두가 이렇게 말할걸. "코끼리야, 너 대체 뭐 하는 거니? 너는 창피한 것도 모르니?"

"알아! 알고말고!" 나는 빽빽거리겠지.

"아, 알고말고라니. 창피한 줄 알아, 너는 수치심이란 걸 들어본 적도 없는 것 같구나. 너는 네가 누군지 아니?"

"그럼."

"아냐, 넌 몰라."

"그럼 내가 누군데?"

"뻔뻔한 놈."

그들은 머리를 절레절레 흔들며 가버릴 것이다. "정말 수치심이라고는 찾아볼 수가 없군……" 하고 중얼거리며. 나는 너무도 창피할 거야. 너무 창피해서 그제야 수치심을 느낄 거야…… "나도 알아! 나도 안다고!" 하고 외치고 싶을 거야. 하지만 내 목소리는 기어들어가버리겠지. 그래, 기어들어가버릴 거야, 처참하게 기어들어가버릴 거야, 내 외침은.

진딧물은 온몸을 부들부들 떨었다. 땀방울이 이마에서 사방으로 떨어졌다.

진딧물은 자신이 초라했다. 아니, 초라함보다 더하다는 생각이 머리를 스쳤다. 쓸모없는 나. 수치심도 없고 쓸모도 없는 나.

진딧물은 다시 거울을 들여다보았다. 본모습인 진딧물을 들여다

코끼리의 마음

보고 있자, 다시 몸이 움츠러들었다. 마치 삭막한 사막 한가운데 서 있는 것만 같았다. 내가 지금 코끼리라면……

진딧물은 더 이상 아무 생각도 할 수 없었다.

36

멧돼지는 생각했다. 내가 코끼리라면, 우선 춤을 잘 배워볼 거야.

어쩌면 모두와 함께, 누군가의 생일파티 같은 데서 몇 년을 연습할지도 몰라.

"오, 코끼리야, 춤출래? 나랑?"

모두 나와 춤추고 싶어 할 거야.

전부 나만 바라보고, 일단 나와 한번 춤을 추면 다시는 감히 함께 춤추겠다는 생각은 못할 정도로 잘 출 때까지 나는 연습하고 또할 거야.

"나랑 춤출래?" 누군가가 또 다른 누군가에게 물을 것이다.

"미안해, 그러고 싶지만 그보다는 코끼리가 춤추는 걸 보고 싶어. 정말 아름답거든!"

"괜찮아. 나도 사실 너와 춤추는 것보다는 코끼리 춤을 보는 게 더 좋아."

그들은 몇 시간이고 나를 지켜보고, 아름다운 춤에 푹 빠져서 눈을 감았다가 그대로 기절해버릴지도 몰라. 그래, 맞아. 기절. 그걸 그렇게 부르더라고.

그리고 모두 나를 초대하겠지.

친애하는 코끼리에게
내 파티에 와줄 수 있니?
너를 위한 파티야.
너의 춤을 찬미하는!

마침내 내가 완벽하게 춤을 출 수 있게 되면, 나는 작은 나무를 하나 고를 것이고, 바람 한 점 없는 어느 여름밤, 나의 팬들이 나를 어깨에 태워 나무 위로 올려줄 거야. 내가 나무 꼭대기에 올라서면, 모두 나무 아래 풀밭에 앉아, 올빼미가 목을 가다듬고 나를 위해 노래를 시작할 때까지 기다릴 거야.

그런 뒤에, 그래, 난 곧 춤을 추기 시작하겠지. 그 나무 꼭대기에서…… 몇 시간, 밤새도록, 두 다리로, 한 다리로, 한 손으로, 한 손가락으로. 떨어지지 않느냐고? 왜 떨어져? 동물들이 나를 다시 어깨에 태워 바닥에 내려주고 감사 인사까지 할 텐데.

"오오, 멧돼지……" 그들은 이렇게 말할 거야. 왜냐하면 내가 사실은 멧돼지라고 말할 거니까.

멧돼지는 눈을 꼭 감고, 참나무 아래 풀밭에서 스텝을 밟으며, 모두가 속삭이는 소리를 상상으로 들었다. "오오, 멧돼지여, 멧돼지여……"

37

달팽이는 생각했다. 내가 코끼리라면, 난 절대로 나무에 오르지 않을 거야. 심지어 풀잎이나 모래알 위에도…… 오를 생각조차 말아야지.

달팽이는 이마를 찌푸리며 생각했다. 내가 코끼리라면 나는 아무 생각도 안 할 거야. 나는 사막 한가운데 크고 하얀 집에서 살 거야. 그리고 집 앞에 간판을 걸어둘 거야, 이렇게.

생각 없는 이의 집

달팽이는 장미 덤불 아래 앉아 있었고, 멀지 않은 곳에 있는 거북이를 보았다.

달팽이는 거북이가 분명 또 뭔가 바쁘게 일을 만들고 있을 거라 생각했다. 달팽이는 고개를 절레절레 흔들며 목을 가다듬고 소리쳤다. "거북이야! 거기서 뭐 해? 또 무슨 일거리를 만들고 있어?"

거북이는 놀라 달팽이를 쳐다보았다.

"아니, 아무것도 안 하는데." 거북이가 대답했다.

"아무것도 안 한다고? 아닐 텐데?" 달팽이는 외쳤다. 왠지 화가 치밀었다. "절대 그럴 리가 없는데!"

"뭐 대꾸할 말이 없네." 거북이가 말했다.

대꾸, 대꾸라…… 달팽이는 생각했다. 뭔가 표독스러운 말로 쏘아붙여주고 싶었지만, 그러지 않았다. 참자.

달팽이는 집으로 향하며 계속 생각했다. 기분이 좀 별로야…… 내가 코끼리라면, 지금 짜증으로 똘똘 뭉쳐 나무에 올라갔을 거야.

그리고 이맛살을 찌푸리며, 앞으로 누가 뭐라 하든 신경 쓰지 않겠다고 다짐했다.

그러나 그게 잘되지 않았다. 매번 다시 쓸데없는 생각들이 머리에 떠올랐다. 마치 지평선 뒤에서 피어올라 하늘을 떠다니는 구름 같이.

만약 내 머리가 집이라면, 지금쯤 산산조각이 났을 거야. 달팽이는 생각했다.

달팽이는 밖으로 나가 집 앞에 새로운 간판을 걸었다.

생각은 두고 들어오시오
─달팽이

달팽이는 이 간판에 대해 모두들 어떻게 생각하는지 궁금했다.

그때 다시 코끼리에 대해 생각했다. "먼 곳이다! 저기 먼 곳이 보인다!" 하고 외치는 소리가 들렸기 때문이다.

만약 내가 코끼리라면, 언제나 생각부터 먼저 할 거야. 내가 본 것이 정말로 본 게 맞는지 확인한 뒤에야 떨어질 거야.

달팽이는 다시 집 안으로 들어가다가 너무 더워 더듬이를 비틀고 싶어졌다. 그러다 목이 엉뚱한 방향으로 돌아가면서 지붕에 끼어 버렸다.

달팽이는 작렬하는 태양 아래서, 부서진 집의 파편들 사이에서 갈피를 못 잡고 앉아 있었다.

그러나 곧 그를 도우려고 달려오는 거북이가 보였다.

38

풍뎅이는 생각했다. 내가 코끼리라면, 나는 비밀을 갖고, 그 비밀을 비밀상자에 넣어둘 거야. 누구에게나 비밀이 있고, 누구에게나 비밀을 보관해두는 비밀상자가 있으니까.

　아주 더운 여름날, 숲 속이 아주 고요하고, 바람 한 점 없고, 구름도 없고, 태양이 하늘 높이 떠 있는 날, 그 비밀상자를 열어볼 거야. 내 비밀을 꺼내봐야지. 그 비밀은 바로 이것이다, 내가 어떻게 더 이상 떨어지지 않게 되었는가.

　아, 정말 좋을 것 같다! 아마도 난 내 뒤통수의 혹을 만지며 생각할 거야. 왜 이 상자를 미리 열어보지 않았을까? 하지만 오랫동안 생각하지는 않을 거야. 참나무 꼭대기까지 올라가야 하니까. 그리고 주위를 둘러보고, 피루엣을 하고, 어쩌면 뒤로 재주넘기도 하겠지. 그래도 나는 떨어지지 않을 거야, 왜냐하면 떨어지지 않는 비밀을 알았으니까. 그러고서 아래로 기어내려가 비밀을 다시 상자에 넣고 잘 치운 뒤 다시는 아무 데도 오르지 않겠어. 더 이상 그럴 필요가 없으니까.

풍뎅이는 마치 꿈을 꾸듯 주위를 둘러보며, 비밀상자에 보관할 더 많은 비밀에 대해 생각해보았다. 개구리라면 꽥꽥대지 않고 은은하게 개골거리는 법, 사자라면 속삭이듯 포효하는 법, 쥐라면 찍찍 울지 않는 법, 눈에 보이지 않는 법……

사실은 마지막 비밀인 눈에 보이지 않는 법이 가장 알고 싶고, 상자에 꼭 넣어두고 싶었다. 풍뎅이는 숲 한가운데 모두 모여 파티를 할 때 그 상자를 열어보고 싶었다. 누군가 이렇게 물을 것이다. "풍뎅이는 어디 있지…… 누구 풍뎅이 못 봤어?" 모두가 풍뎅이를 찾는 동안, 투명 풍뎅이는 낄낄대며 너도밤나무 맨 아래 가지에 앉아 있을 것이다.

아름다운 날이었다. 풍뎅이는 날아올라 주변을 돌아다녔다.

어쩌면 눈에 보이지 않는 법의 비밀을 코끼리에게 알려줄 수도 있겠어. 그러면 코끼리는 눈에 보이지 않게 떨어질 수 있고, 눈에 보이지 않게 쾅 하고 땅에 부딪칠 수 있겠지. 게다가 창피해할 필요도 없고.

풍뎅이는 얼굴을 찌푸렸다.

하지만 여전히 소리는 날 테니 모두가 고개를 갸웃거리며 생각할 거야. 저거 또 코끼리네.

풍뎅이는 한숨을 쉬었다. 비밀이란 복잡한 거구나. 그래서 이 세상에 비밀이란 없는 거구나. 풍뎅이는 빙글빙글 돌다 깊은 생각에 잠긴 채 장미 덤불 속 장미꽃 사이로 날아갔다.

39

하늘소는 생각했다. 내가 코끼리라면, 아무도 나에게 도움을 구하지 않을 거야. "코끼리야, 잠깐만…… 아, 코끼리야, 제발 좀…… 코끼리야, 이렇게 해줄래…… 코끼리야, 그러니까……" 그런 일은 없겠지.

하늘소는 창가에 앉아 내리는 비를 바라보고 있었다. 하루 종일 내려 길을 다니지 못하게 만들어버린 그 비를.

나는 마주치는 모든 나무에 다 올라갈 거야. 그리고 꼭대기에 서서 먼 곳을 봐야지. 누구의 방해도 받지 않고.

하늘소는 참나무 꼭대기에서 해가 지는 것을 지켜보고, 멀리서 반짝반짝 빛나는 바다를 바라본다고 상상했다.

"아, 정말 아름다워, 아름다워……" 하늘소는 중얼거렸다.

코끼리의 마음

그러고는 멀리 날아가야겠다고 생각했다.

등을 기대고 눈을 감자, 창문을 때리는 빗방울 소리가 들렸다.

아니지, 그다음에는 춤을 춰야지. 그다음에 나무에서 떨어지는 거야. "아이쿠" 하고 외치며 엄청난 쿵 소리와 함께 땅에 떨어져야지.

이윽고 한숨을 내쉬었다.

나는 피할 수 없는 상황을 경험해보고 싶어. 고통을 느낀다든지, 어떤 일에 대해 후회를 한다든지, 어떻게 해야 할지 난처해한다든지, 계획했는데 실천하지 못한다든지……

하늘소는 자리에서 일어나 어두워질 때까지 한참 동안 방 안을 서성거렸다. 그동안에도 비는 계속 내렸고, 아무도 그에게 도움을 구하지 않았다.

나는 내가 어떤 충고와 도움을 줄 수 있는지 언제나 잘 알고 있는데…… 하늘소는 우울해졌다.

40

해파리는 생각했다. 내가 코끼리라면, 우선 내가 해파리가 아닐 수 있게 도와준 이에게 진심으로 고맙다고 인사할 거야.

그러고는 가만가만 춤을 추겠어. 기쁨의 춤. 당연히 땅 위에서 추는 거지.

그런 다음 다시는 해파리로 돌아가지 않게 뭔가 조치를 취하겠어. 온갖 수단 방법을 다 동원해서. 책을 뒤져보고, 필요하다면 장거리 출장도 다녀오고, 회의도 하고, 비밀 리포트도 작성하며 위험한 과제를 수행하는 거야.

내가 다시 해파리로 돌아가지만 않는다면.

그리고 누구도 해파리가 되지 않도록 하는 방법을 찾아낼 거야. 내 동물 친구들을 위해 기꺼이. 그리고 아무도 해파리에 대해 들어본 적도 없게 만들 거야.

"해파리? 아니, 그런 건 존재한 적도 없잖아."

"그치만……"

"뭐, 그치만은 무슨 그치만이야. 모든 것이 존재했고, 지금도 존재하고, 앞으로도 존재하겠지만 해파리만은 절대 아니야."

"오."

그러고서 여유롭고 즐겁게, 나 자신에게 더없는 만족을 느끼며 나무에 올라갈 거야. 꼭대기에 도착하면 생각하겠지. 아, 먼 곳, 피루엣, 재주넘기, 떨어지기…… 분명 그런 게 생각나겠지…… 하지만 나는 목청 높여 이렇게 외치고 싶을 뿐이야. "나는 해파리가 아니다! 만세!" 나 역시도 해파리에 대해서는 들어본 적도 없는 거야.

해파리는 부서지는 파도 속에서 이리저리 둥둥 떠다녔다.

내가 만약 코끼리라면…… 단 하루만이라도, 단 한 시간만이라도, 단 한 번만이라도……

그리고 해파리는 매번 해변에 밀려와 부딪힌 후 바다로 휩쓸려가고, 다시 해변에 부딪히고 격렬하게 휩쓸려가기를 되풀이했다.

41

개미는 생각했다. 내가 코끼리라면, 나는 아주 슬플 것 같아. 항상 나무에 올라갈 거고, 그럴 때마다 떨어진다는 사실을 알 테니까. 그건 결국 내 마음대로 할 수 없는 뭔가가 있다는 것을 알게 된단 거야.

개미는 앞다리에 머리를 괴고 침대에 누워 천장을 올려다보았다.

한밤중이었고, 숲은 고요했다.

내 마음대로 할 수 없는 것, 그런 건 없는 것 같은데. 개미는 생각했다.

내 마음대로 할 수 없는 게 뭐가 있을까 생각해보았지만 잘 떠오르지 않았다.

내가 코끼리라면, 그런 뭔가가 있을 것이고, 이렇게 생각했을 것

코끼리의 마음

이다. 내가 개미라면…… 지혜가 넘치니까 나무에 올라가는 일 따위는 하지 않을 텐데.

개미는 자리에서 일어나 창문 쪽으로 몇 번이고 왔다 갔다 했다.

개미는 자신이 코끼리이고, 너도밤나무에 오른다고 상상해보았다.

나무에 오르면 다람쥐 집 앞을 지나갈 거고, 다람쥐는 소리를 듣고 밖으로 나와 외칠 것이다. "개미야!"

"나 개미 아닌데. 나는 코끼리야." 개미가 대답했다.

"오, 그렇구나. 개미가 아니라니 아쉽네, 왜냐하면 내가 찬장에서 아주 특별한 꿀통을 가져왔거든. 한번 볼래? 여기…… 나는 개미가 우리 집 앞을 지나가는 줄 알았어…… 할 수 없지 뭐, 다음에 개미가 오면."

개미는 다시 나무를 올라가며 생각했다. 왜 나는 개미가 아니지?

잠시 눈을 감고 생각하자, 자신이 개미가 아니기 때문에 그 이유도 알 수 없다는 것을 깨달았다.

머리가 깨질 듯하고 지끈지끈했다. 꼭대기에 도착하기도 전에 개미는 아래로 굴러떨어지고 말았다. 그리고 이내 또다시 다람쥐 집 앞을 지나게 되었다.

"개미…… 아, 아니지, 코끼리야!" 다람쥐가 외쳤다. 그 특별한 꿀통이 또 들려 있었다. "아쉽게도 또 개미가 아니구나."

이미 머리를 아래쪽으로 향한 채 떨어지던 개미가 크게 소리쳤다.

"다람쥐야, 나는 내일 개미가 될 거야, 내일 아침부터!"

아니야. 개미는 생각했다. 그렇게 외치지는 않을 거야, 아무렴, 그럴 리가 없지. 코끼리가 그렇게 외칠 리가 없어.

개미는 방 한가운데 계속 서 있었다.

벌써 아침이 가까웠다.

어떻게 할지 이제 알겠어. 이제 진짜 알겠어.

개미는 다시 누워 조금 더 잠을 자보려 했다. 아침 일찍 예고도 없이 다람쥐 집에 찾아가기 위해.

42

짚신벌레는 생각했다. 내가 코끼리라면, 다시는 문 밖으로 나가지 않을 거야.

내 방 모퉁이에는 조그마한 난로가 타오르고, 나는 난로 앞 의자에 무릎을 끌어당겨 앉아 내 (코끼리) 코를 이불 삼아 덮고 있겠지.

옆에 있는 탁자에 따뜻하게 데워진 마실 것이 놓여 있고, 접시 위에는 두 종류의 케이크가 있을 거야.

나는 어두컴컴한 곳에서 파티 초대장을 읽고 있겠지.("코끼리야, 네가 오는 걸로 알고 있을게!") 나는 그 초대를 받아들일지, 그냥 집에서 난로 옆에 있는 게 나을지 곰곰이 생각해볼 거야.

나무에 대해서는 생각조차 하지 않을 것 같아. 혹시 나무 생각을 하더라도, 나무에 올라가는 건 절대 생각하지 않고 오히려 추우

나 더우나 늘 밖에 서 있어야 하고, 폭풍우라도 몰아치면 온몸이 흔들리고 매번 잎들을 모조리 잃어버리는 나무를 동정할 거야. 난 나무들을, 아니 숲 전체를 그냥 내 지붕 밑 이 안으로, 난로 근처로 불러들이고 싶어. 얼마나 아늑할까! 우리는 친구가 될 거야. 그때도 종달새와 찌르레기는 어느 나무 꼭대기에 앉아 있겠지. 그들은 내가 아니니까 상관없어. 원하면 그들도 모두 겨울 내내 여기 머물러도 괜찮아.

그러고는 침대에 똑바로 누웠다.

짚신벌레가 코끼리라면, 생각하지 않았을 것도, 생각했을 것도 아주 많았다.

짚신벌레는 이불을 더 끌어당겨 푹 덮고, 집 벽에 부딪치는 바람 소리를 들으며 잠들었다.

43

　귀뚜라미는 생각했다. "내가 코끼리 너라면, 나는 내가 되고 싶을 거야. 네가 나라면, 너는 그대로 나로 살고 싶었을 거야, 분명해."

　귀뚜라미는 방금 밤나무에서 떨어져 눈을 감은 채 땅바닥에 누워 들릴 듯 말 듯한 소리로 끙끙 앓는 코끼리에게로 몸을 굽혔다.

　"코끼리야, 나는 내가 나인 게 정말 얼마나 다행인지 모르겠어. 이미 알고 있었겠지만…… 사실 모두가 내가 되면 좋을 텐데. 그러면 우리는 성대한 파티를 열고 모두가 참석하는 파티를 준비하겠지. 여기저기서 들려올 거야. '안녕 귀뚜라미' '오랜만이야 귀뚜라미' '귀뚜라미, 잘 왔어!' '이야, 귀뚜라미 왔네' '너도 왔구나' '이거 귀뚜라미 아냐?'"

　상상 속의 귀뚜라미들과 인사할 때마다 귀뚜라미는 코끼리의 긴 코를 여러 번 활기차게 위아래로 흔들어댔다.

코끼리는 아무것도 느끼지 못한 채, 밤나무 아래 땅바닥에 회색 덩어리로 가만히 누워 있었다.

"정말 멋진 파티가 될 거야." 귀뚜라미는 외쳤다. "우리의 행운만큼은 없어지지 않을 거야. 케이크와 꿀이 가득한 벌집, 불꽃 사탕, 튀어서 묻은 크림 같은 건 다 먹어 치워 없어질 수 있지만, 우리의 행운만큼은 없어지지 않아."

귀뚜라미는 코끼리 배 위로 폴짝 뛰어올랐다.

"만약 누군가가 그래도 내가 되겠다고 하면…… 하늘에서 날고 바다에선 헤엄치고 달에도 살고 있겠지……"

귀뚜라미는 흥분과 행복감에 재주넘기를 시도했다. 그러면서 외쳤다. "모두 내가 되는 거야!" 그러나 착지에 실패하면서 코끼리 턱에 쿵 하고 거꾸로 떨어져버렸다.

코끼리가 놀라 깨어나서 귀뚜라미를 흔들어 떨어뜨리고는 몸을 일으켜 비틀거리며 길을 나섰다.

"코끼리야……" 귀뚜라미가 불러보았지만 코끼리는 들리지 않는 듯 생각에 잠겨 나무들 사이로 사라졌다.

코끼리의 마음

44

"코끼리야, 내가 만약 너라면, 나에게 먼 곳에 가서 어둠이 내릴 때까지 기다려보라고 하겠어. 그리고 내가 너라면, 가장 높은 나무에 올라가 꼭대기에 앉을 거야. 춤은 안 춰. 절대로. 춤은 안 출 거야. 그리고 외칠 거야. '반딧불이야, 내가 왔어!' 멀리서 그 소리를 들으면 반딧불이는 천천히 불을 밝혔다 껐다 다시 밝혔다 하겠지. 한 번도 본 적 없는 가장 아름다운 광경일 거야."

둘은 참나무 밑에 자리 잡고 앉았다. 반딧불이는 코끼리를 슬쩍 쳐다봤지만, 코끼리는 땅만 바라본 채 생각에 잠긴 듯했다.

"그걸 불을 깜빡인다고 할 거야, 아마도." 반딧불이가 입을 열었다. 누군가 자신에게 깜빡여달라고 부탁한다는 생각을 하자 이상하게도 목이 메였다. 침을 삼켜 풀어보려 했지만 할 수 없었다.

반딧불이는 계속 말했다. "내가 너라면, 이렇게 소리칠 거야. '안녕, 반딧불이야! 네가 보여!' 어쩌면 뺨에 눈물이 흐를지도 몰라."

반딧불이는 코끼리를 다시 슬쩍 쳐다봤지만, 코끼리는 여전히 시선을 돌리지 않았다.

"그럴 수 있지 않겠니?" 반딧불이가 말했다. "행복의 눈물."

반딧불이는 다시 한 번 침을 삼키고 생각했다. 눈물이 떨어질 거야, 나 대신…… 그러나 그 말은 하지 않았다.

"코끼리야, 나는 밤새도록 깜빡이진 않을 거야. 그러면 피곤할 테니까."

반딧불이는 더 이상 말하지 않았고, 코끼리도 가만히 있었다.

태양이 나무들 우듬지 너머로 점차 사라졌다.

얼마 후 반딧불이는 날아가버렸고, 코끼리는 참나무 기둥을 따라 위를 올려다보았다.

꼭 누군가를 위해서가 아니어도 깜빡일 수는 있지. 반딧불이는 생각했다. 의미 없이 그냥 깜빡이는 거.

땅거미가 질 무렵 반딧불이는 어느 정도 멀리 날아가 뽕나무 가지에 앉아 주변을 밝히며 그냥 깜빡거렸다.

그리고 생각했다. 좀 슬프긴 해, 그게 사실이긴 하지만, 불행한 건 아니야. 암, 나는 불행하지 않아. 불행하고 싶지도 않고. 결코 좋은

생각이 아니야. 그렇게 믿어.

코끼리는 아주 천천히, 닿는 둥 마는 둥 한 발을 참나무의 가장 낮은 가지에 옮겨놓고는 "야호" 하고 중얼거렸다. 그건 나중에나 외쳐야 할 말이었다.

반딧불이는 어리둥절했다.

그리고 코끼리가 나무에 올라가는 것을 보았지만 입도 뻥긋하지 않고 그저 나뭇잎들 사이에 몸을 숨기고 계속 불만 깜빡였다.

45

"내가 코끼리 너라면, 나에게 너를 위한 편지를 써달라고 부탁할 거야." 어느 저녁 부엉이가 코끼리에게 말했다.

"그래 좋아." 코끼리가 자작나무 아래 땅바닥에 누워 끙끙 앓는 소리를 내며 말했다.

같은 날 저녁 부엉이는 모든 동물에게 코끼리의 문제를 해결하기 위해 도움을 바란다는 편지를 썼다.

그 문제란, 떨어지는 것이었다.

참으로 눈물겨운 편지였다. 그날 밤 동물들이 자작나무로 우르르 몰려들어, 여전히 땅바닥에 누워 신음하는 코끼리 위로 몸을 굽혔다.

모두가 코끼리의 문제를 해결할 수십 가지도 넘는 방법들을 내놓

으며 돕겠다고 나섰다.

어떤 이는 코끼리를 꽉 묶어서 더 이상 움직일 수 없도록 하자고 했고, 어떤 이는 잘 잊어버리는 방법을 가르쳐주겠다고 했고, 또 어떤 이는 먼 곳은 존재하지도 않고 코끼리가 본 것은 모두 환상일 뿐이라고 설득시키자고 했으며, 누군가는 코끼리를 달로 이사하도록 돕고 싶다고 했고, 누군가는 네 발로 춤추는 법을 가르쳐주겠다고 했고, 또 누군가는 아무도 부러뜨려본 적 없는 데를 부러뜨릴 수 있는 방법을 설명해주고 싶다고 했다. 그리고 또 누군가는 코끼리에게 부드러운 쿠션과 그 밖의 침구 용품을 파는 가게를 열 마음이 없느냐고 물었다. 손님들이 북적댈 테니까 나무에 올라가는 것 따위는 생각할 겨를도 없을 거라고.

코끼리는 눈을 감고 누워 모두의 제안에 하나하나 공감을 표했다.

"그건 그래. 네 말이 맞아. 그래. 그렇게 하지 뭐. 그 생각은 못해봤네. 그게 최고다. 정말 좋은 계획이야! 아, 물론이지!" 코끼리는 중얼거렸다.

코끼리의 문제를 해결하기 위한 방법들 중에는 분명 나은 방법이 있긴 했다.

"이 방법은 한 번도 시도해본 적이 없었는데……" 동물들이 입을 모아 말했다. 그들은 머리를 절레절레 흔들고 모두를 이 자리로 이

끈 부엉이에게 영광을 돌렸다.

아침 일찍, 동이 트기도 전에 모두 다시 집으로 돌아갔다. 부엉이는 여전히 앉아서 스스로에게 편지를 써야 한다고 생각하다가 소리 없이 어디론가 날아가버렸다.

코끼리는 그때까지도 자작나무 아래 찬 바닥에 누워 있었다.

이제 다시는 나무에 올라가지 않겠어…… 코끼리는 진지하게 생각했다.

왜 그런 결심을 했는지 이유는 알지 못했다. 아무도 코끼리에게 그 이유를 말해주지 않았거나, 혹은 말해줬는데 코끼리가 이해하지 못했거나, 어쨌든 그들이 코끼리의 문제를 해결하긴 한 것이었다.

코끼리는 몹시 슬퍼졌다. 마치 자신을 둘러싼 모든 것이 관목 숲에서 떨어져 나갔다가, 뭔가 선의를 품고 있긴 하지만 다시 자신에게 달려드는 것 같은 슬픔이었다. 어쨌든 슬펐다.

코끼리는 그 슬픔도 문제가 되는지, 그리고 동물들이 그 문제에 대한 해결책도 알고 있을지 궁금했다.

코끼리는 곧바로 자리를 박차고 일어났다. 이미 태양의 첫 빛줄기가 자작나무 잎사귀에 맺힌 이슬을 비추고 있었다.

내 슬픔을 해결할 방법을 찾았어. 코끼리는 감격스럽고 기뻤다. 그것을 해결하기 위해서는 그 누구도 필요치 않아.

코끼리는 자작나무에서 멀지 않은 곳에서 햇빛 세례를 받고 있
던 단풍나무 꼭대기를 올려다보았다. 한 번도 들어본 적 없는 노래
처럼 맑고 기분 좋은 종달새의 지저귀는 소리가 저 멀리서 들려왔다.

46

기린은 생각했다. "내가 코끼리라면, 난 완전히 다른 어딘가에 올라갈 거야."

코끼리는 올라가고 싶던 미루나무 아래에 있었다. 코끼리는 이미 한 발을 가장 낮은 가지에 올려두고 있었다.

"다른 어딜 올라갈 건데?" 코끼리가 뒤돌아서 기린을 쳐다보며 물었다.

"글쎄, 내 목은 어때. 내 목에 한번 올라가보지 않을래? 분명히 좋을 텐데." 기린이 말했다.

"네 목?" 코끼리는 놀라서 되물었다. 그리고 기린의 목을 유심히 쳐다보며 한 발을 다시 땅에 내려놓았다.

"응, 내 머리 위에서 춤을 춰도 돼. 그것도 좋은 생각인 것 같아.

게다가 뿔 두 개 보이지? 넘어질 것 같으면 언제든 붙잡을 수 있어. 내 생각에 뿔은 그러라고 있는 것 같아, 분명하진 않지만."

기린은 한숨을 내쉬었다. 아직 누구도 그 뿔을 붙잡아본 적이 없으니까.

"그런 다음에는?" 코끼리가 물었다. 춤을 추면 비틀거리다 늘 떨어지기 때문이었다.

"그때는 내가 바닥으로 몸을 굽히면 돼. 그럼 내 머리에서 내릴 수 있어."

코끼리는 잠시 생각했다. 좀 이상한 제안이었지만, 한 번쯤 시도해보고 싶었다.

어느 날, 코끼리는 기린의 목을 타고 위로 올라갔다. 기린의 머리 위에서 몇 차례 댄스 스텝을 밟고 비틀거리다가 코끼리는 두 개의 뿔을 붙잡으며 외쳤다. "굽혀!" 그러자 코끼리는 금세 땅 위에 닿을 수 있었다.

"거봐." 기린이 말했다.

"그러게." 코끼리가 말했다.

하지만 코끼리는 기쁘지 않았다. 왜냐하면 먼 곳이 정작 너무 가까웠기 때문이다. 거의 보이지도 않았다. 게다가 바로 내려오고 말았다. 내려오긴 했는데, 뭐라고 딱히 설명할 수는 없지만, 왠지 정말 내려온 것 같지 않았다. 뭔가 중요한 것이 빠져 있었다. 그것이 가장 중요하다는 생각이 들었다. 만약 모든 것이 중요하지 않게 여겨지더라도, 그것만큼은 여전히 중요했다. 코끼리는 그것이 무엇인지 분명히 알 수 있었다.

잠시 후 코끼리는 미루나무에 올라갔고, 기린은 고개를 저으며 길을 떠났다. 기린이 모퉁이를 돌자 곧이어 뒤에서 "야호" 하고 외치는 목소리가 들려왔고, 역시나 쿵 하는 소리가 이어졌다.

47

독사는 말했다. "내가 만약 코끼리라면, 내 몸으로 매듭을 만들 거야."

코끼리는 방금 떨어진 참나무 아래 누워 작게 신음하며 그거 참 좋은 아이디어라고 생각했다.

독사가 코끼리를 도와주었다. 잠시 후 코끼리는 독사가 단단히 잡아당겨 만든 매듭에 묶여 있었다.

코끼리는 여전히 끙끙댔다.

"독사야, 이거 그렇게 편하지는 않은 것 같아." 코끼리가 말했다.

"당연히 아니지, 편하다고 다 좋은 건 아냐." 독사가 대답했다.

"근데 내 코는 어디 있니?"

"여기." 독사가 말했다. 그러고는 코끼리 등 뒤에 있던 코 끝을 무

코끼리의 마음

릉 밑으로 잡아당겼다.

"아야." 코끼리가 소리쳤다.

"너 이대로 다시 나무에 올라갈 수 있을 것 같아?" 독사가 물었다.

"아니."

"그거 잘됐네." 독사가 대꾸했다. 독사는 매듭 만드는 것을 좋아했다. 그래서 자기 몸으로도 매듭을 만들었다.

독사는 코끼리에게 인사하고, 이제 가야 한다고 했다.

"잘 가, 독사야." 코끼리가 중얼거렸다. "고마워."

독사는 나무들 사이로 사라졌고, 코끼리는 참나무 아래서 오랫동안 매듭이 묶인 채 서 있어야 했다.

나는…… 코끼리는 생각했다. 아니, 더 이상 생각할 수가 없었다.

코끼리를 발견한 두 동물이 서로 쿡쿡 찔러댔다.

"저기 누구지?"

"회색 매듭."

"어떤 동물이야?"

"복잡한 동물 같은데?"

"난 저런 동물이 있는지 전혀 몰랐어."

"아니야. 저런 동물은 없어."

"생일 파티 같은 데 가끔 오기도 하나?"

"누구?"

"저 회색 매듭."

"아니, 그런 파티에 오기에는 너무 괴상해 보여."

"안됐다. 내일이 내 생일인데."

"와, 정말?"

"응, 너도 올래? 오는 걸로 알고 있을게."

"자작나무 껍질 케이크도 있어?"

"응. 모두 배불리 먹을 만큼 준비할 거야."

"그럼 꼭 갈게!"

그러고 둘은 가던 길을 갔다.

"도와줘." 코끼리가 그들 뒤에서 외쳤다. "사실은 나 코끼리야!" 그러나 두 동물이 이미 나무들 사이로 사라져버린 뒤였다.

"누가 나 좀 도와줄래?" 코끼리는 꺼질 듯한 목소리로 절망스럽게 외쳤다.

"뭘 도와줘?" 숲에서 어떤 목소리가 들려왔다.

"내 매듭 좀 풀어줘."

"오."

잠시 후 덤불에서 귀뚜라미와 쥐가 나와 코끼리의 매듭을 풀어주었다.

 "정말 고마워." 이 말을 끝내기도 전에 코끼리는 참나무 기둥을 따라 이미 쏜살같이 올라갔다. 먼 곳으로 급히 시선을 던지고, 여기저기로 서둘러 발을 디디고, 입술을 꾹 다문 채 밑으로 떨어졌다. 우지끈 하는 둔탁한 소리를 내며 땅에 떨어졌지만 코끼리는 끙끙대지도 찍찍대지도 않았고, 머리에 생긴 혹도 으스러진 갈비뼈도 모두 자기 책임이라고 여겼다. 그리고 더 이상 아무 생각도 하지 않았다.

48

어느 날 큰까마귀가 코끼리에게 말했다. "내가 너라면 좋겠어, 그러면 날지 못할 테니까. 난 항상 나는 걸 생각했고, 나는 꿈을 꾸었고, 눈을 감으면 상상 속에서도 숲 위로 높이 떠 있는 구름 사이를 날곤 했어. 그런데 지금은 그런 꿈을 꾸지 않아. 사실 날고 있을 때 깊은 생각은 별로 안 해."

둘은 참나무 아래 풀숲에 앉아 차를 마셨다.

코끼리는 깊은 생각에 잠겨 빈 잔을 바라보고 있었다.

"내가 진짜로 날 수는 없어." 코끼리가 말했다.

큰까마귀가 끄덕였다.

"하지만 나는 것 비슷하게는 간신히 할 수 있을지도 몰라." 코끼리는 큰까마귀를 바라보며 말했다. "그 정도는 할 수 있지 않을까?"

코끼리는 목을 가다듬고, 눈을 꼭 감은 채 자신이 나는 것을 상상해보았다. 귀가 날개가 되었다. 주변을 둘러보다 멀리 초원지대를 바라보았다. 더 높이 올라 바다와 수평선 너머로 방금 떨어진 해와 그 뒤편의 수많은 별들도 보았다.

"응, 가능하긴 하지. 내 말이 그 말이야." 큰까마귀가 대답했다.

코끼리는 다시 눈을 떴다. 이마에 주름이 잡혔다. 그리고 다시 깊은 생각에 빠졌다.

큰까마귀가 찻잔을 채우며 말했다. "간신히 날 수 있겠다고 생각하는 것도 정말 특별한 거야. 절대 잊으면 안 돼. 난 더 이상 그게 안 되거든."

코끼리는 아무 말도 하지 않았다.

저녁이 되었다.

"자, 나는 어두워지기 전에 좀 더 날아야겠어. 안녕." 큰까마귀가 말했다.

"잘 가." 코끼리도 인사했다. 그리고 자신이 매번 떨어졌던 나무들 위로 날아가는 큰까마귀를 바라보았다.

코끼리는 뭔가 좀 이해가 되지 않았다.

이내 자리에서 일어나 숲을 서성거렸다. 마주치는 모든 나무에 부딪혔지만, 생각에 골몰한 나머지 '아야' 하고 비명 지르는 것도 잊었다.

한편으로는 거의 알 것도 같았다. 그러나 완전히 아는 건 아니었다. 어쩌면 모두가 아는데 나만 아직 모른다면 부러워할 일일 수도 있었다.

집에 도착하자마자 침대로 들어갔다.

똑바로 누워 오랫동안 천장을 바라보았다. 나무에 올라가는 것과 나는 것에 대해 생각하다 보니 잠을 이룰 수가 없었다.

어쩌면 잠을 못 이루는 것도 뭔가 특별한 것일지 모른다는 생각이 들었다. 잘 듯 말 듯 잘 수 없는 것.

코끼리는 그제야 잠이 들었다.

코끼리의 마음

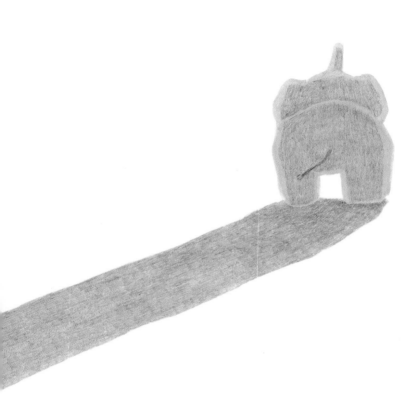

49

어느 아침, 깊은 바닷속에 사는 향유고래가 편지를 받았다.

친애하는 향유고래님에게
당신이 코끼리라면
어떻게 하시겠습니까?

보낸 이는 쓰여 있지 않았다.

향유고래는 열 번이나 읽어보았다. 우편물을 받아본 적도 없고, 누가 자신에게 '친애하는 향유고래님'이라고 부른 적도 없었기 때문이다.

잠시 수면에서 헤엄치다 숨을 깊이 들이쉬고 다시 물 밑으로 들어갔다.

내가 코끼리라면 어떻게 하겠느냐고. 글쎄, 어쩌긴 뭘.

몇 날 며칠 고민했지만 딱히 떠오르는 것이 없었다. 그러던 어느 아침, 태양이 두꺼운 구름층 뒤에서 떠오르고, 폭풍이 세차게 파도를 흔들어대고, 심지어 바닷물이 바닥 가까이까지 소용돌이치며 모래를 빙빙 돌렸다. 향유고래는 격렬하게 꼬리를 저으며 외쳤다. "나는 절대 코끼리가 되고 싶지 않아!"

날이 잠잠해지자 향유고래는 다시 생각했다. 내가 굳이 코끼리가 될 이유가 없잖아?

향유고래는 등을 펴고 외쳤다. "내 뜻대로 하면 그만이잖아?!"

하지만 그것은 편지의 질문에 대한 대답이 되지 않았다.

향유고래는 몇 주 동안 심해의 어두운 모래 바닥에 누워 곰곰이 따져보았다. 코끼리가 되는 상상도 해보았다. 코끼리가 되어 파도를 타고 떠다니고, 파도를 타고 올라 격렬하게 부딪치는 모습도 상상해보았다. 그러자 반대로 코끼리는 향유고래가 되고 싶은지, 언제나 심해 아래서 혼자 살고 싶은지 궁금해졌다. 아마도 그러고 싶지 않을 것이다.

결국 향유고래는 이렇게 답장을 썼다.

친애하는 아무개님에게

저는 잘 모르겠어요.

정말 아무것도 모르겠어요.

　　　　　　　　　　　　　　— 향유고래가

그후 향유고래는 편지도, 코끼리도, 잊을 수 있는 모든 것을 잊고
지냈다.

　　　　　　　　　　　　　　코끼리의 마음

50

숲 한가운데서 들소와 버펄로가 서로 조심하지 않다 부딪치고 말았다.

둘은 멈춰 서서 혹이 생겼나 하고 머리를 만져보고, 눈살을 찌푸리며 서로를 쳐다보았다.

길이 비좁아 둘이 동시에 지나갈 수 없었다.

"내가 코끼리라면, 너를 한쪽으로 밀어버릴 거야." 버펄로가 말했다.

"내가 코끼리라면, 너를 코로 들어올려 덤불 속에 처박아버릴 거야." 들소가 맞섰다.

"내가 코끼리라면, 지금 나무에 올라가 네 위로 떨어져내릴 거야." 버펄로는 코로 땅을 쓸어대며 말했다.

"내가 코끼리라면, 너를 당장 훅 불어 넘어뜨릴 거야. 그럼 하늘로 붕 뜨겠지. 그런 다음 너를 잡아채 정신없이 흔들어버리겠어." 들소가 대꾸했다.

"내가 코끼리라면, 창피해서 쭈그러든 널 크게 비웃어줄 거야. 누군가 묻겠지. '코끼리야, 들소 못 봤니……' 나는 이렇게 대답할 거야. '쭈그러든 조그만한 들소? 오래된 구닥다리 외투를 걸친 아주 작은 애 말이지? 걔는 가버렸는데.'" 버필로도 말했다.

"내가 코끼리라면" 하고 들소는 잠시 생각하더니 말을 이었다. "겨울이니 너를 꽁꽁 얼어붙게 할 거야."

"내가 코끼리라면, 너에게 생일이 없다고 아주 화를 내고, 네가 존재조차 하지 않았다고 믿을 거야."

"내가 코끼리라면 당장 너한테 편지를 쓸 거야." 다시 곰곰이 생각한 뒤 들소가 말했다. "친애하는 버필로에게. 나는 코끼리야. 좀 급한데, 나부터 지나가도 될까? 당장 참나무에 올라가야 하거든. 코끼리가. 이렇게."

버필로가 고개를 끄덕이며 말했다. "그래 좋아." 그는 옆으로 한 발짝 비켜섰다.

들소는 최대한 빠르게 버필로 옆을 지나갔다. 그러나 실수로 버필로의 어깨를 밀쳐 피라칸타(장미과에 속한 상록 관목 —옮긴이) 덤불로 넘어지게 했다.

그날 저녁 들소는 버펄로에게 정말로 편지를 썼다.

친애하는 버펄로에게

오늘 나를 먼저 지나가게 해줘서 고마웠어.

내가 만약 코끼리라면, 오늘 오후에

참나무 꼭대기에서 큰 소리로 외쳤을 거야.

네가 세상에서 가장 친절한 동물이라고 말이야.

나는 들소야.

내일 너를 위한 파티를 열고 싶어.

내 생일은 아니야.

네가 친절하다고 생각하는 동물들만 초대할게.

내일 저녁에 보자.

—들소가

들소의 편지를 읽은 버펄로는 앞발을 비비며 답장을 썼다.

친애하는 들소에게

내가 만약 코끼리라면, 난 지금 여기저기가 아파서

파티에 갈 수 없었을 거야.

하지만 나는 버펄로잖니. 그러니 꼭 갈게.

내일 보자.

—버펄로가

코끼리의 마음

51

늦가을 오후가 저물 무렵, 참나무 아래 땅속에서 두더지와 지렁이가 마주 앉아 검은색 케이크를 나눠 먹고 있었다. 둘은 검은색 사다리를 타고 땅 위로 올라가려고 날이 어두워지길 기다렸는데, 그들은 그것을 '어둠 창조'라 불렀다. 그때 머리 위 멀리서 희미하게 쿵 소리가 들리고, "아이쿠" 하는 듯한 외침, 이어 천천히 멀어지는 느린 신음 소리가 들렸다.

두더지와 지렁이의 집이 흔들리고, 검은 찬장이 넘어지고, 흙벽에 커다란 금이 가고, 흙과 진흙 덩어리가 사방으로 튀었다.

두더지와 지렁이는 마주보며 침을 삼키고, 한숨을 쉬고, 어깨를 으쓱하며 고개를 저었다.

둘은 한동안 말없이 외투와 머리 여기저기에 튄 흙을 털어냈다.

"우리가 코끼리라면……" 두더지가 말했다. 둘은 그들 바로 머리 위 땅에 떨어지며 "아이쿠" 하고 소리쳤던 코끼리라면 하고 예전부터 머릿속에 그려보고 상상해보았다.

"응." 지렁이가 대답했다.

그러나 두더지는 더 이상 할 말이 없었고, 지렁이도 마찬가지였다.

우리가 코끼리라면, 뭐가 달라졌을까?

지렁이와 두더지는 여전히 땅 밑에서 지금처럼 마주 앉아 꼭 붙어 있었겠지만, 코끼리가 되면 코도 생기고, 펄럭이는 큰 귀, 부러지지 않을 것 같은 다리도 생겼을 것이다.

그리고 밤이 되길 기다리며 검은색 차를 마시며, "그래, 코끼리야" 혹은 "아니야, 코끼리야"를 주고받았을 것이다.

그런 다음에는?

코끼리가 몇 번이나 참나무에서 그들의 지붕으로 떨어져 집을 흔들고, 심지어 집이 조금 무너진다 해도 그들은 마주보거나, 끄덕이거나, 어깨를 으쓱하거나, 고개를 젓거나, "우리가 코끼리라면……" 하고 말하는 이상은 하지 않았을 것이다.

한번은 두더지가 한마디 했다. "……우린 알아챘을 거야." 지렁이는 깜짝 놀란 눈으로 두더지를 바라보며 뭘 아느냐고 물었다. 두더지가 옆으로 문을 파다가 겨우 밖이 보이기 시작할 즈음, 지렁이가 춤출 시간이라고 외쳤고, 둘은 불편한 마음으로 침묵 속에 밤새 춤을 추었다.

지렁이와 두더쥐는 방을 치우고, 벽에 회반죽을 발라 단장하고, 땅을 메우고, 찬장을 세워놓은 뒤 작고 검은 사다리를 타고 땅 위로 올라갔다.

밖은 조용하고 어두웠다. 연기가 자욱하게 깔리고, 길에는 참나무에서 떨어진 코끼리 때문에 흩어진 나뭇가지와 나뭇잎 말고는 보이는 것이 없었다.

두더지와 지렁이는 이끼 위에서 어깨동무를 하고 춤을 추었다. 조심스럽고, 다정하고, 조금은 쓸쓸하게.

그렇게 어둠 창조를 하고, 코끼리는 잊어버렸다.

52

어느 아침, 코끼리는 참나무 아래 서 있었다.

오래 고민하며 이런저런 장단점을 따져본 코끼리는 이제 막 나무에 올라가려던 참이었다. 그때 하마가 도착했다.

"안녕. 하마야." 코끼리가 인사했다.

하마는 대답이 없었다. 그러더니 참나무의 맨 아래 가지에 한 발을 딛고 나무에 오르기 시작했다.

"하마야!" 코끼리가 소리쳤다.

하마는 돌아보지도 않고 천천히 계속 올라갔다.

얼마 후, 하마는 참나무 꼭대기에 도착했다.

코끼리는 하마가 주위를 둘러보는 것을 보았고, "먼 곳이다"라고 중얼거리는 소리를 들었다.

하마는 한 발로 서서 한 바퀴 돌고, 잠시 생각하더니 점프하고 뒤로 간단히 재주를 넘었다.

그러고서 하마는 차분하고 신중하게 나무 밑으로 내려왔다.

하마는 땅 위에 서서 먼지를 털어내며 코끼리를 곁눈으로 쳐다봤다. 그리고 어깨를 으쓱하더니 강 쪽 숲 속으로 가버렸다.

그날 코끼리는 울적했지만, 아무에게도 그 이유를 말하지 않았다.

53

친애하는 코끼리에게

방금 네가 또 떨어지는 소리를 들었어.

너는 지금쯤 나무 밑 땅바닥 어딘가에 쓰러져 있겠지.

너는 아플 거고, 어쩌면 여기저기가 죄다 부러졌을지도 몰라.

그리고 다시는 나무에 오르지 않겠다고 다짐하고 있겠지.

매번 나무에 오르고 오를 때마다 떨어지는 너를 우리가 끔찍한 바보로 여긴다고 생각할 거야.

그래 우리는 네가 바보 같다고 생각하지만

사실은 존경스럽기도 해!

우리는 못 하는 건 절대 안 하지만, 너는 하잖아.

우리는 무슨 일을 시작할 때마다 고민하고 재고 따지는데,

너는 일단 시작하고 보잖아.

우리는 실수를 하거나 잘못 판단할까봐 두려운데,

너는 우리가 모르는 뭔가 중요한 것을 아는 것 같아.

코끼리야, 앞으로 널 만날 때마다 말할 것 같아서 차라리 오늘 이렇게 편지를 쓰기로 했어. 우리는 그동안 너에게 더 이상 나무에 오르면 안 된다고, 우리에게 그런 말쯤은 해도 되는 권한이 있다고, 우리가 너라면 절대 다시는 아무 데도 오르지 않을 거라고 말했을 거야. 하지만 솔직히 말하면 우리는 너처럼 나무 위에서 춤을 춰보고 싶고, 쿵 하고 세게 떨어져보고 싶어.

그러니까 코끼리야, 우리 말 듣지 말고 계속 나무에 오르길 바라!

다람쥐는 펜을 내려놓고 밖을 내다보았다.

바람도 불지 않는 무더운 여름날이었다.

멀리서 코끼리의 외침이 들려왔다. "아야! 아우!"

다람쥐는 편지를 다시 읽어보고는 찢어버렸다.

그리고 너도밤나무에서 내려가, 참나무 밑에 쓰러져 눈을 감고 작은 신음소리를 내는 코끼리에게 다가갔다.

다람쥐는 코끼리 곁으로 가 이끼 위에 앉아서는 머리를 절레절레 흔들었다.

"코끼리야, 코끼리야……" 다람쥐가 중얼거렸다.

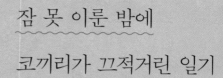

잠 못 이룬 밤에
코끼리가 끄적거린 일기

사실은 나 자신에게 화를 내거나,

아무짝에도 쓸모없는 내 한쪽 귀를 찰싹 때리거나,

부러진 갈비뼈를 한 방 내려친 뒤에야 말하겠지.

이제 다 끝났어,

이제야,

이제 알겠니.

하지만 내가 뭐라고 화를 내겠어.

쓸모없고 구제불능인 나 같은 존재가.

내가 나무 꼭대기에 올라가 춤을 춘다면,

절반은 성공한 거야,

그것만으로도 꽤 괜찮다고 생각해.

아무도 나처럼 춤을 추지 않아.

아무도 나처럼 떨어지지 않아.

나무에 오르지 않아도 넘어질 수 있어.

떨어지는 것과는 다르지.

아픈 데도 다르고,

다른 데가 부러지겠지.

나무에서 떨어지는 게 아니면, 아무도 멈춰 서주지 않아.

손으로 얼굴을 가리지도 않고,

깜짝 놀라 소리치지도 않아.

누구도 내 곁으로 다가와 무릎 꿇고 살펴봐주지 않아.

나는 기억해.
내가 올라가서
스치듯 바다를 바라보고
떨어졌던 모든 나무를.

나는 기억해.
떨어졌던 모든 순간,
떨어질 때의 쿵 소리.
통증,
어디어디에 혹이 생겼고,
갈비뼈 어디어디가 부러졌는지 전부 생생하게.

나는 기억해.
다시는 오르지 않겠다던 다짐,
그 다짐을 매번 어긴 모든 이유를.

코끼리의 마음

나는 기억해.

한 번만, 딱 한 번만······ 하며 꾸었던 모든 꿈을.

내 기억은

육지가 보이지 않는 망망대해 같아.

나는 오늘 강인했다.

모두 나를 축하해주었지.

"코끼리, 너 오늘 엄청 강인하구나!"

선물을 주고, 케이크를 구워주고, 노래까지 불러주었어,

마치 내 생일인 것처럼.

그들은 내가 존경스럽다고,

내가 아주 강인하다는 것을 늘 알고 있었고,

그걸 아는 건 다만 시간 문제라고 했다.

그들은 내 눈물을 너무나 잘 이해한다고,

환희의 눈물, 감사와 기쁨의 눈물일 거라며

자기들도 눈물이 난다고, 한번 보라고 했다.

오늘 내가 강인해 보였던 것은,

잔디밭,

참나무 아래,

등을 기대고 온종일 앉아 있었기 때문이지!

나는 강인했던 게 아니라,

아팠다.

나무 밑 땅바닥에 누워 있으면
누군가 허리를 굽혀
내게 묻는다.
"코끼리야, 설명 좀 해줘,
왜 자꾸 나무에 올라가는 거니?"
나는 기어들어가는 목소리로 대답한다.
"그냥 그러고 싶으니까."

그가 고개를 가로저으며
"그런데 매번 떨어지잖아" 하고 말하면,
나는 대답할 말이 없다.

그럴 때는 어깨를 으쓱하는 것도 잘 안 된다.

코끼리의 마음

나는 작은 나무에는 오르고 싶지 않다.

덤불에도 오르고 싶지 않다.

갈대나 엉겅퀴나 쐐기풀, 미나리아재비, 풀줄기, 이끼, 모래, 진흙,
물, 공기, 어둠 말고

오직 나무,

높은 나무에만 오르고 싶다.

그곳이라면 뭔가 다른 게 있을지도 몰라.

예를 들면 내가 떨어지지 않는 것?

그들은 계속해서 나에게 경고한다.

"코끼리야, 코끼리야, 너 금방 또 떨어질 텐데……"

차라리 밤송이나 너도밤나무 열매,

탁자 모서리에 놓인 컵,

눈송이에게나 경고해.

"너는 또 끝이 안 좋을 거야."

그래도 나는 결코 그만두지 않아.

코끼리의 마음

며칠이나 나무에 오르지 않았다.

떨어지지도 않았고, 어디가 부러지지도 않았고, 상처가 나지도 않았고,

아픈 데가 하나도 없다.

이렇게 편안할 수가!

더 이상 모르겠다, 심지어 알 수도 없다고 생각한다.

앞으로 어떻게 해야 할까.

나는 내게 무릎을 꿇었다.

오, 코끼리야……

너무 분명하잖아! 하지만 너무 불안해!

떨어지기 직전,
나는 아주 잠시 행복하다, 딱 그때만.
그 뒤에는 그렇지 못하다.

어쩌면 그것이 진정한 행복일지도 몰라.
유일한 진짜 행복일지도.

떨어지는 건 그 행복에 속한다.

코끼리의 마음

나는 오를 수 있는 모든 나무에 오르고

떨어질 수 있는 모든 나무에서 떨어지는 코끼리.

피곤해서

잠이 들면

자면서 꿈을 꾼다.

떨어지면서 훨훨 나는 꿈.

너도밤나무 꼭대기에 멈췄다가 다시 날아서 내려간다.

날아 내려가다 다람쥐 집에 잠시 들러

창문 앞에서 날갯짓을 한다.

"다람쥐, 안녕."

"안녕, 안으로 들어올래?"

"응, 좋아."

나는 다람쥐 집 안으로 날아서 들어간다.

함께 차를 마시며 방해꾼은 아무도 없다고 서로에게 말한다.

다시 날기 전 잠시 다람쥐의 전등에 다가가 톡 치고,

낮게 살살 비행하다가

다시 밖으로 나가

너도밤나무 가지 사이를 지나,

이끼 위에 내린다.

나는 날면서 잠들어 꿈을 꾼다, 나는 것이 곧 추락인 꿈.

놀라 잠에서 깨어 소리친다,

그건 아니야, 절대 그럴 리 없어.

나는 코끼리일 뿐,

너무 피곤하다.

나에게 부족한 건 내가 언제나 떨어진다는 깨달음이고,
나는 내가 하고 싶은 대로 오를 뿐이다.

나에게 그런 깨달음이 있다면 다시 오르지 않겠지.
앞으로 다시는 행복하지 않을 것이고
앞으로 결코 그렇게 불행하지도 않겠지.
아무도 겪어보지 못했을 법한 불행.

나는 깨닫고 싶지 않고,
맞서고 싶지 않고, 무언가를 알고 싶지 않고,
계산하고 싶지도 않아.

나는 그냥 코끼리이고,
그냥 나무에 오른다.

코끼리의 마음

가끔은, 나무에 오르면서 떨어지는 생각을 하는데
무척 두렵다.

가끔은, 나무에서 떨어지면서 오르는 생각을 하는데
오히려 평온하고 마음이 편하다.

어쩌면 내가 떨어질 수 있는 유일한 존재일지도 모른다.

어쩌면 모두 이렇게 생각할지도 몰라.

나도 코끼리가 되고 싶어……

참나무 꼭대기에서 춤을 추고

떨어지기도 하고……

'야호' 하고 외치고

그 혹들은 정말 특별해 보여……

나는 머리에 혹이 생긴 적이 한 번도 없어,

어디가 부러진 적도……

그러나 그들은 내가 될 수 없다.

나무에 오르는 건 누구나 할 수 있지만,

떨어지는 건 예술 같은 거니까.

나만의 작품.

"봐, 저기, 저기 보여?"

"와우, 멋지다! 저 회색 덩어리와 부러진 가지들……"

"게다가 속도도……"

"쿵 할 때 충격도…… 엄청난 소리다, 정말……"

"신념에 가득 찬 것 같은 외침은 또 어떻고, '아우! 아우!'……"

그러면 나는 겸손하면서도 강하게 문지른다,

나에게 감탄하는 그들 앞에서

내 뒤통수에 생긴 거대한 혹을.

반드시 선택을 해야 한다면,

나무 꼭대기에 올라

먼 곳을 잠깐 스쳐보며,

순수한 흥분 속에 한 발로 피루엣을 하다가 발을 헛디뎌

추락, 그것도 아주 심하게 떨어지는 내일과……

나무 꼭대기에 서서

바다를 바라보고,

아직 단 한 번도 성공해본 적이 없을 만큼 아주 아름다운 피루엣을 하고도

떨어지지 않는 어제가 있다면……

나는 내일을 선택할 거야.

어제 부러져 땅에 떨어졌던 나뭇가지는

이미 썩기 시작했거든.

코끼리의 마음

나무에 올라가도 떨어지지 않을 수 있는 누군가는,

가장 높은 꼭대기에 도착해

가장 광활하고 가장 청명한 먼 곳을 바라보며,

한 번 만에 완벽에 가까운 우아하고 여유로운 댄스 스텝을 완성하고,

수없이 많은 관중 앞에서 현기증이 날 정도로 깊이 고개 숙여 인사하겠지.

그들은 불안도, 아플 거라는 예감도, 억누를 수 없는 후회 같은 것도 모르겠지.

그들이 틀렸어.

나는 나무에 오르고 싶지 않지만,
내가 나무에 올라 꼭대기에서 앞뒤 못 가리고
떨어지기를 원하는 것은,
바로 나무들이다.

나무들은 떨어지는 것, 떨어지는 것을 보는 것, 떨어지는 소리를
듣는 것,
떨어뜨리는 것을 좋아한다.
내가 없었다면 그들은 그곳에서 거의 영원토록
외롭게 바스락거리며 서 있었을 것이다.

코끼리의 마음

이것만은 분명히 알아.

만약 모두 나무 꼭대기에 올라간다면,
달팽이도, 두더지도, 고슴도치도,
모두가 나무 꼭대기에 올라 춤을 춘다면,
돌아가며 한 발로, 가시 하나로, 꼬리 하나로 혹은 이빨 하나로 피
루엣을 한다면,
그리고 거기서 단 하나만,
단 하나만 떨어진다면,
그건 나일 거야.

통증이 지나가다가 우연히
내가 떨어지는 소리를 듣는다면,

"어디가 얼마나 아픈가요!" 하며

내 머리
내 등
내 갈비뼈 사이를 찾아보겠지.

할 일은 충분할 거야.
찔러보고, 두드려보고, 뚫어보고, 잔소리하고.

작은 소리로 신음해보라고 하고
살살 끙끙대는 것도 괜찮겠다고 하고.

밤새도록 내 옆에 꼭 붙어 있겠지.

코끼리의 마음

아픔은 존재하는 것 중 가장 평범해.

거의 모든 것이 평범해.
잠에서 깨는 것,
일어나는 것, 태양, 종달새,
나무 진액 향기, 발아래 뚝 부러진 나뭇가지,
하늘의 푸름까지도.

준비하는 것도, 숙고하는 것도, 계획을 세우는 것도 다 평범해.
엄숙하고 진지한 계획 세우기도 있지.
그 계획은 평범하지 않은 것에 대해서일 수 있지만, 그렇다고 특별한 것은 아니야.

계획 세우기를 싫어하는 것도 평범하고,
그건 계획을 세우는 것보다 더 평범하지.

가장 평범한 것은 아픔이고,

아픔은 존재하는 것 중 가장 평범하며,

아픔은 곳곳에 있어.

코끼리의 마음

나무에 오르는 것은 잠을 자는 것과 같아.
나는 자고 싶지 않지만,
매일 밤 잠이 들어.

나무들은 꿈과도 같아.

나무에서 떨어지는 것은 잠에서 깨는 것과 같지.
나는 깨고 싶지 않아.
나는 잠을 자고 싶어.

나무야, 들어봐, 내가 설명해볼게.
올라가는 건 전혀 문제 될 게 없어.
그건 나의 목적이 아니거든.
나에게는 목적이 없고,
목적이 뭔지 알았던 적조차 없어.

나무야, 나에게 원하는 걸 말해줘.
내가 바스락대는 거?
내가 머리 숙여 절하는 거?
내가 바람에 이리저리 흔들거리는 거?
종달새가 내 귓가에서 노래하는 거?
뭐든지 말만 해줘, 다 좋으니까.

떨어지는 대가로.

코끼리의 마음

떨어지는 것은 부스러기 같은 거야,
아픔도 그래.

계획도, 약속도, 상식도, 후회도, 수치심도
다 부스러기와 같아.

그러나 나무에 오르는 건 안 그래.

춤을 추는 것도,
이른 아침 나무 꼭대기 위에서
멀리 반짝이는 바다를 보는 것도.

이제야 알겠어.

나는 나무에 오르고 싶어 오르고

나무에서 떨어지고 싶지 않아서 떨어지는 거야.

어떻게 해야 할까?

나무에 오르고 싶어 하지 않고, 나무에서 떨어지고 싶어 해야 할까.

아, 만약 나를 묶어버릴 수 있다면,

매듭을 지어 묶어버릴 텐데……

그리고 그 매듭이 풀리지 않길 바랄 거야,

그 누구도 그걸 풀지 못하길.

코끼리의 마음

나는 옳은 결정을 좋아하지 않아.

이제야 알겠어,

현명하고, 신중하고, 숙고 끝에 내린 결정들.

나는 잘못된 결정이 좋아,

즉흥적으로 내린,

매일 되풀이하는 그런 결정들.

오 나무들아,

왜 살랑거리는 걸로는 만족하지 않는 거니.

가지들은 갈라지고,

잎사귀의 이슬 위로 햇살이 떨어지는데,

왜 생각이란 걸 하지 않니.

생각 좀 해봐.

너희 중 한 나무 아래 등을 기댄 채 생각을 해보는 거야.

나라면 어떤 것도 생각할 수 있을 것 같아.

나무에 오르는 걸 생각할 수 있고, 하늘을 생각할 수 있고,

멀리 바다를 생각할 수 있고,

떨어지는 것도, 통증도 생각할 수 있어.

나는 가장 지독한 통증을 생각할 수도 있고,

다시 그 통증을 없는 것으로 생각할 수도 있고, 통증을 피해가는 것을 생각할 수도,

통증 뒤에 숨는 것도 생각할 수 있어.

왜 나는 할 수 있는 것에 만족하지 않는 거지?

코끼리의 마음

이제야 알겠어.

만약 나무가 나를 오른다면,
내 코 가죽을 발로 밀어 차버리고,
내 상아 위에 서서 상아를 부러뜨리고,
내 귀를 잡아당기고,
마지막에는 내 머리 꼭대기에서 춤을 추겠지.

그러면 나도 나무를 떨어뜨릴 거야.

떨어지는 건 쉬워.

마치 누군가가 이렇게 말하는 것 같아.

그냥 내게 맡겨, 코끼리야……

대답도 하기 전에 나는 이미 떨어지지.

올라가는 것도 그러면 좋겠어.

춤을 추는 것도,

춤을 아주 잘 추는 누군가가 이렇게 말해준다면,

나를 따라해봐, 코끼리야……

그럼 나는 그를 따라 춤을 추는 거지.

나무 꼭대기에서.

코끼리의 마음

나는 많은 걸 감수할 수 있어.

내 귀, 내 회색 피부, 나팔을 부는 듯한 내 소리.

그것 말고도 많은 것을.

그런데 영리한 것,

그것만은 결코 안 될 것 같아.

내가 영리하다면,

나에 대해 안타까워할 일이 없을 테니까.

나무에 오르는 내 모습을 내가 본다면,
회색 덩어리가 몸을 끌어올리려 애쓰는 모습이겠지.

차마 쳐다보기 힘들 것 같아.

그다음은 더 보기 흉하겠지.
피루엣,
더 자세히 묘사할 것도 없이,
회색 덩어리의 기묘한 피루엣일 거야.

대체 나의 수치심은 어디로 간 걸까.
누구 내 수치심 못 봤니?

그다음은 역시 또 떨어지는 모습일 거야.
물론 다시 나무에 오르겠지,
혹투성이 회색 덩어리가.

분명한 건, 나는 그래도 상관없다는 거야.

코끼리의 마음

중력……

너 너무해.

내 생각 좀 해주면 안 되니.

내가 떨어지고 싶지 않으면, 떨어지지 않을 수 있게,

아니면 네가 한번 떨어져보든지.

"저기, 나무에서 떨어지는 게 뭐지?

코끼리 아냐?"

"아니, 저건 중력이야.

코끼리는 별들 사이를 떠다니고 있네."

"쟤는 저기서 뭐 하는 거야?"

"정말 놀랍다."

중력……

너도 한번 떠다녀보든지.

저기, 고슴도치랑 거북이가 있네.

그들은 오르는 게 뭔지 알 리가 없어.

대화를 나누고 있지만,

오르고 떨어지는 것에 대해서는 아닐 거야.

그들의 인생은 그냥 그렇게 흘러가겠지,

오르고 떨어지는 것에 대해서는 이야기 한번 나누지 않고,

어쩌면 생각조차 해보지 않고.

그리고 여기, 내가 있어.

내 인생도 그냥 이렇게 흘러가겠지,

다른 어떤 것에 대해서는 생각 한번 해보지 않고.

그리고 저기 달이 떠 있어.

달은 생각을 하지 않아.

절대 지지도 않고.

코끼리의 마음

어느 날 잠에서 깨보니 나는 더 이상 코끼리가 아니었다.
때때로 해파리, 바퀴벌레, 초선충이 되기도 하지만,
코끼리는 아니었다.

할 일 없이 조금 빈둥거리고,
찾는 이도 없고, 생일도 아니고, 아픈 데도 없고, 아쉬운 것도 없고,
밖에 나가지도 않고,
위를 쳐다보지도 않고,
아주 급히 해야 할 일도 없고,
아무 일이든 할 수 있고,
나를 코끼리라고 생각하지 않아도 되고,
왜냐하면 나는 코끼리가 아니니까.

밤마다 다시 잠을 청해도,
돌이켜 생각할 것도 없고,
누울 때 몸 한쪽이 안 좋지도, 다른 한쪽이 안 좋지도 않고,
꿈을 꿀 일도 없다.

내가 풀줄기를 타고 오를 수 있다면,

그리고 먼 곳을 바라볼 수 있다면,

물론 미니 왕국이겠지만,

나는 그곳을 가까운 먼 곳, 가까운 먼 곳이라 부르고,

미니 피루엣을 하고,

그러고는 떨어질 것이다.

별거 아닐 거야, 살짝 떨어질 뿐.

모두 나에게로 몸을 굽혀 바라보겠지.

기린도, 하마도, 거북이도, 멧돼지도, 이구아나도

그중 하나가 소리치겠지.

한참 동안 내 뒤통수를 자세히 살펴본 뒤

"여기, 여기 있어, 작은 혹 하나……!"

코끼리의 마음

만약 내가 아래로 기어서 내려간다면,

깊은 곳으로,

참나무 가장 아래 뿌리 밑까지 내려간다면,

어둠을 만나겠지.

아주 어둡고, 아주 가까이에서,

마치 이제까지 한 번도 본 적 없는 것처럼 어둠이 내 주변에 다가

와 있겠지.

거기서 내가 행복의 춤이라도 추고 싶어진다면……

떨어지는 것의 반대는 뭘까?

올라가는 걸까?

아니야, 어딘가 궁지에 빠져 더 이상 움직일 수 없는 거겠지.

그럼 후회의 반대는?

나는 지금 확실히 알아,
나는 내일 나무에 오르지 않을 거야.

더 확실히 아는 게 있어,
확실히 안다는 건 정말 불확실하다는 것.

그렇다면 나는 지금 결코 알지 못해야 해,
내일 나무에 오르지 않는다는 걸 말이야.

어쩌면 정말로 안 오를지도 모르니까.

차라리 이렇게 생각할까.
내일 다시 나무에 오를 거라고······
양손을 비비고,
나무 꼭대기에 이미 올라 춤을 추고, 한 바퀴 회전하는 내 모습을
그려볼까.
그러면 오르지 않을 수도 있어.

코끼리의 마음

누군가 떨어지는 것을 발견했다.
나는 그때 기억이 떠오른다.

아주 작고, 아주 간단하고,
아프지도 않고,
모두가 그냥 별거 아닌 발견이라고 생각했지.
"그쯤은 나도 발견할 수 있었겠다."

그들은 그걸 어떻게 해야 할지 몰랐고,
그래서 그것을 나에게 줘버렸다.

나는 그것을 크게 만들어버렸다.
복잡하고,
아주 아프게.

내가 땅바닥에

내 머리보다 더 큰 혹을 달고

여기저기가 부러진 채 누워 있으면,

모두가 내 주변에 서서 나를 불쌍한 듯 굽어보며

고개를 젓고

나를 본보기로 희망을 접어버릴 거야.

그러면 나는 몸을 일으켜,

머리 위 나무 꼭대기를 가리키며

말할 거야.

"그래도 나는 춤을 췄잖아,

그러니까 나는 특별해, 뭔가 해낸 존재야.

너희는 다 평범하지만."

코끼리의 마음

만약 누군가 한 번쯤 내게 이렇게 말한다면,
코끼리야, 이 나무에 올라가도 좋아,
하지만 반드시 그래야 하는 건 아니야.

내가 위에서 바다를 본다면,
코끼리야, 춤을 춰도 좋아, 피루엣도 하고,
하지만 반드시 그래야 하는 건 아니야.

그리고 내가 춤을 추고, 온 세상이 내 주위를 돌고 있다면,
코끼리야, 떨어져도 좋아,
하지만 반드시 그래야 하는 건 아니야……

왜 태양은 뚝 떨어지지 않을까,
반대로 왜 나는 태양처럼 천천히 떨어질 수 없을까?

왜, 왜……

왜는 없어.

왜는 존재하지도, 존재했던 적도 없어.

그리고 존재하지도 않을 거야.

그래서는 존재하지.

그래서 내가 잠을 잘 수 없고,

그래서 내가 내일 다시 나무에 올라갈 것이고,

그래서 내가 또 떨어져 갈비뼈가 완전히 부러질 것이고,

그래서 내가 이 모든 것을 쓰고 있는 거야.

코끼리의 마음

옮긴이의 말

무모해 보이기까지 하는 코끼리의 용기와 도전이 나를 부끄럽게 한다. 경험해보지 못한 미지의 세계를 동경하면서도 안정적이고 예상할 수 있는 길만 좇으려는, 낮은 벽을 만나기만 해도 포기하고 마는 우리를 부끄럽게 한다. 하지만 거기까지일까?

이 책은 여러 동물을 의인화함으로써 우리가 일상에서 맞닥뜨리는 여러 순간을 관조적으로, 그러하기에 좀 더 객관적으로 다가서서 들여다볼 수 있게 한다.

예컨대 자신이 처한 환경 너머에 호기심을 갖는 코끼리의 모습을 통해 좁은 인식 범위를 넘어서려는 인간의 모습을 그리고, 그러한 코끼리의 도전에 부응하고자 문제 해결에 동참하는 이웃들을 통해 연민이란 무엇이며 속 깊은 우정이란 어떤 가치가 있는지 생각해보게 한다.

또 남이 갖고 싶어 하는 걸 가졌지만 정작 자신은 부족함을 느끼며 절망에서 헤어나오지 못하는 나비는 현대인의 끝없는 욕망을 돌아보게 한다. 단 하루밖에 못 사는 하루살이, 땅속에서만 생활하는 두더지와 지렁이, 자의식이 부족해 늘 소외감을 느끼는 까마귀도 어디에선가 봄 직한 캐릭터이며, 너무 자의식이 강해 타인의 아픔을 공감하지 못하는 바닷가재와 같은 사람 역시 주변에 없지 않다.

톤 텔레헨이 다루고 있는 이 수많은 동물들의 숲은 곧 인간 세계의 다른 이름이다. 실제로 이 책을 번역하며 아! 하고 무릎을 친 적이 여러 번이다. 울고 웃으며 때로는 안타까워하면서 읽다 보면 어느새 삶에 있어서의 이른바 '줏대'가 얼마나 중요하며, 또 현실에 안주하지 않고 '도전'하는 것에 얼마나 숭고한 가치가 있는지를 깨닫게 되기 때문이다. 그런 면에서 '다람쥐가 코끼리에게 쓴 편지'는 톤 텔레헨이 독자들에게 주고자 하는 메시지 그 자체가 아닐까 한다.

2018년 1월 정유정

옮긴이 정유정

고흐와 렘브란트, 스피노자와 데카르트 등을 통해 알게 된 자유와 개방의 나라 네덜란드. 그 호기심은 한국외국어대 네덜란드어과와 네덜란드 레이던 대학교에서의 공부로 이어졌다. 졸업 후 네덜란드교육진흥원을 거쳐, 현재 주한 네덜란드대사관에서 일하고 있다. 옮긴 책으로 『코끼리의 마음』이 있다.

그린이 김소라

대학에서 서양화를 전공하고, 대학원에서 그림책을 공부하고 있다. 출판과 광고 등 다양한 분야의 작업을 해 왔다. 그린 책으로 『있잖아, 누구씨』, 『고슴도치의 소원』이 있다.
instagram.com/raso0000

코끼리의 마음

1판 1쇄 발행 2018년 2월 1일

1판 7쇄 발행 2020년 12월 7일

지은이 톤 텔레헨 **옮긴이** 정유정
펴낸이 김영곤 **펴낸곳** (주)북이십일 아르테
문학사업본부 이사 신승철
문학팀 김지현 **디자인** 김형균
해외기획팀 장수연 이윤경
영업본부 본부장 한충희 **출판영업팀** 김한성 이광호 오서영
마케팅 김익겸 정유진 **제작팀** 이영민 권경민

출판등록 2000년 5월 6일 제406-2003-061호
주소 (우 10881) 경기도 파주시 회동길 201(문발동)
대표전화 031-955-2100 **팩스** 031-955-2151

ISBN 978-89-509-7347-6 03890

아르테는 (주)북이십일의 문학 브랜드입니다.

(주)북이십일 경계를 허무는 콘텐츠 리더

아르테 채널에서 도서 정보와 다양한 영상자료, 이벤트를 만나세요!
페이스북 facebook.com/21arte   **인스타그램** instagram.com/21_arte
포스트 post.naver.com/staubin   **홈페이지** arte.book21.com